비표준 감정사전

비표준 감정사전

· 다시 쓰는 마음의 언어들 ·

김정은 지음

**뻔한 감정에 지친 사람들을 위한
내 감정에 이름 붙이는 법**

마인드
빌딩

2014년 10월, 잔인했던 날의 기억을 그림책이 들춘다. 가슴에 무거운 돌덩이가 '쿵'하고 내려앉아 매번 아프다. 깊이 각인된 이야기 안에는 감정이 숨어 있다.

책을 쓰는 동안 감추었던 감정과 마주하며 고통은 멈추었고 다시 시작할 용기를 얻었다. 마음을 병에 가둔 소녀처럼 외면하고 숨겨 둔 이야기를 꺼내 감정의 정의를 고쳐 쓰며 '정은어'를 지었다. 얼핏 사전적 정의와 닮았지만 나만의 해석을 담은 후엔 감정의 이름을 더 쉽게 알아챌 수 있었다.

원고를 붙든 시간 동안 감정이 몸집을 키우기 전에 공감하고 흘려보내기를 반복했다. 여전히 감정이 어렵고 서툰 어른이지만 이제 조금은 수월하게 툭툭 털고 일어선다.

책을 쓰기 전에도 후에도 소망은 단 한 가지다. 이 책이 오늘도 감정에 힘겨워하는 단 한 사람에게 닿아 용기와 희망의 개울을 건너는 작은 디딤돌이 되길 바랄 뿐이다.

이		책	을		읽	을
(	)	에	게			

1. 『비표준 감정사전』은 '간절함'부터 '희망'까지 43개의 감정을 지은이만의 이야기가 담긴 '정은어'로 새롭게 정의한 사전입니다.

2. 순서대로 읽지 않아도 괜찮습니다. 마음이 이끄는 감정을 찾아 여행을 떠나 보세요. '정은어'를 여러분의 'OO어'로 바꿔 기록해 보세요.

3. 그림책은 제 마음숲 여행에 길잡이가 돼 주었습니다. 하지만 길잡이가 반드시 그림책일 필요는 없습니다. 책, 영화, 그림, 음악, 사람, 일상의 대화와 풍경 등 여러분이 좋아하는 모든 취미에서 이야기를 길어 올리세요.

이 책이 여러분의 마음숲 여행에 작고 따스한 이정표가 되기를.

김정은 드림

차례

작가의 말 4
이 책을 읽을 ( )에게 5

ㄱ

간절함 기다리는 거야, 고래가 보고 싶다면 9
고마움 0이 100이 되는 기적 15
공허함 유리병에 가둔 내 아픈 마음에게 19
궁금함 질문이 팝콘처럼 터질 때 25
그리움 '안녕' 이별도 여행처럼 30

ㄴ

나른함 너무 늦은 때란 없어 35
냉랭함 혼자의 성에 갇힌 당신께 40
너그러움 나에게 다정할 것 47

ㄷ

다정함 네가 웃으면 좋겠어 52
답답함 도무지 알 수 없는 날 58
당당함 내 삶의 주인공은 나야! 63
두려움 못난 게 아니라 아름다운 거야 68

ㅁ

만족 '만족스러운 나'로 살기 74
미움 난 네가 싫어 80
믿음 함께 걸어서 정말 좋았어 85

ㅂ

분노 그건 사람이 아니야, 짐승이지! 89
불안 제발 그냥 가 주면 안 돼? 94
불편 싫다고 말하고 싶지만 99
뿌듯함 세상에 공짜는 없어 105

ㅅ

사랑 진정한 사랑이 뭐야? 111
설렘 다시 가슴이 두근두근 115
소심함 안녕, 작아진 마음아! 120

수치심	부끄러운 어른은 싫어	124
슬픔	마음에도 반창고가 필요해	130
시기심	뾰족하게 솟은 넌 누구?	136
신남	너의 계절을 즐겨	142

ㅇ

안타까움	인생은 오늘이야!	147
열등감	부족하면 어때? 넌 잘하고 있어	152
외로움	커다란 손가락으로는 넘길 수 없어	157
용감함	세상의 변화는 나부터	163

ㅈ

자유로움	다른 게 어때서?	170
자책감	왜 너 때문이라고 생각해?	176
정겨움	만나고 싶은 그리운 손	183

ㅊ

| 초라함 | 나만의 속도로 가면 돼 | 188 |

ㅌ

| 통쾌함 | 참으면 병이 되는 말 | 195 |

ㅍ

포근함	내가 포근히 안아 줄게	200
평온함	가만히, 가만히	206
피곤함	지쳤을 땐, 쉬어 가도 괜찮아	211

ㅎ

행복	행복을 찾아서	217
허탈함	네게 '괜찮아'를 선물할게	222
화	왜 화내면 안 돼?	228
후회	실수는 시작이기도 해	233
희망	나만이 아닌 우리를 위해	237

| 그림책 목록 | | 244 |

간절함

1. 명사 마음 씀씀이가 더없이 정성스럽고 지극함
2. 정은어 한 가지 소망만을 바라며 이루어지기를
        기다리는 마음

기다리는 거야,
고래가 보고 싶다면

『고래가 보고 싶거든』
줄리 폴리아노 글,
에린 E. 스테드 그림

고래를 기다린 시간

"원인 불명인데, 이 방법밖에 없어요." 시험관 시술을 권유받았을 때, 의사 선생님께서 말씀하셨다. 서른을 갓 넘겨 결혼할 때만 해도 금방 아기가 생길 줄 알았다. "때 되면 생기겠지. 조급해하면 더 안 되더라. 곧 생길 거야." 순리대로 때 되면 다 가진다는 말만 믿고 삼여 년의 시간을 보냈지만 아이는 오지 않았다. 신혼을 즐기자던 남편과 나의 첫 마음은 조급함으로 변했다. 산부인과에 가는 날이 잦았다. 여러 검사를 했지만 원인은 알 수 없었다. 원인을 알 수 없는 난임. 긴 고민 끝에 유명하다는 병원을 찾아 가 시술을 했다. 무리하면 안 된다는 말에 일주일을 꼬박 누워서 지냈다. 당연히 성공할 줄 알았다. 이른 새벽, 테스트기를 꺼내 곤히 잠든 남편이 깰까 조심조심 화장실로 갔다. 부푼 기대를 안고 테스트기에 소변을 묻힌 후 두 눈을 꼭 감았다. 쿵쾅거리는 심장을 간신히 진정시키고 눈을 떠 손에 들린 테스트기를 뚫어지게 쳐다봤다. 한 줄…. 여전히 한 줄이었다. 눈물이 훔칠 새도 없이 쏟아져 내렸다. '이번에도 와 주지 않았어. 정말 열심히 노력했는데, 간절히 바랐는데.'

줄리 폴리아노가 쓰고 에린 E. 스테드가 그린 『고래가 보고 싶거든』 속 소년의 이야기에는 그 시절의 내 마음이 담겨 있다. 커다란 창문 앞에 한 소년이 앉았다. 텅 빈 창이 바다로 채워지고 소년은 어느새 풍경 속으로 들어가 이런저런 생각에 빠졌다. 고래를 보려면 시간이 필요하다. 바라보고, 기다리고, 저게 고래가 아닐까 생각할 시간. 의자와 담요도 필요하지만 너무 편하면 안 된단다. 깜빡 잠이 들 수 있으므로. 고래를 보고 싶다면, 장미나 배, 펠리컨 같은 것은 모르는 척해야 한다. 오롯이 고래만을 쫓은 소년은 결국 고래를 만났을까?

고래만을 쫓은 시간

첫 시술 실패 후 냉동 배아 이식을 권유받았지만 곧바로 시도할 용기가 없었다. 남편의 실망도 커서 실패 소식을 들은 날은 유난히 처진 어깨를 한 채 집을 나섰다. 마음을 다독일 시간이 필요했다. 기분 전환을 위해 여행을 다녀왔고, 일상은 회복된 듯 보였다. 한동안 임신, 아기, 시술 이야기는 둘 사이의 암묵적인 금기어였다. 굳이 우울한 이야기로 슬픔을 마주하고 싶지 않았다. 주말마다 취향에 맞는 영화를 보고, 맛집과 여행을 즐겼지만 무엇을 해도 예전만큼 재밌지도 행복하지도 않았다. 말하지 않았지만 이미 알고 있었다. 우리가 얼마나 간절히 고래를 바라는지. 식당에서 아이 밥을 먹이느라 끙끙대는 가족의 모습에 시선이 머물면 "힘들겠다."라는 말속에 부러운 마음을 슬그머니 감췄고, 하나둘 임신 소식을 전하는 지인의 연락에 자꾸만 마음이 작아졌다. 일상은 평온했고, 아무 일도 일어나지 않는데 내 눈에만 무채색인 세상 속에 동그마니 서 있는 듯 외로웠다. 고래를 기다린 소년처럼 어떤 유혹도 아기만큼 간절하지 않았다.

고래를 만날 때 꼭 필요한 한 가지

반년, 더는 버티기 힘들어 냉동 배아 이식을 했다. 실패할 수 있음을 인정해서였을까? 처음보다 조금 덜 긴장했다. 토요일, 이른 아침 1차 피검사를 하기 전 이번에도 테스트기를 꺼내 눈을 동그랗게 뜨고 노려봤다. 한 줄. 한숨을 쉬며 시선을 떨구는데 아주 희미하게 한 줄이 더 보였다. 심장이 심하게 쿵쾅거렸다. '설마! 진짜? 아니겠지?' 확신할 수 없는 작은 희망이 피어올랐다. 눈물 날 만큼 기쁘다는 말은 정말 맞았다. 이번에도 어김없이 눈물이 났다. 잔뜩 충혈된 눈으로 화장실에서 나오는데 남편이 문 앞에 서 있었다. "나 임신 성공한 것 같아." "에이, 아니겠지." 믿기지 않는다며 고개를 저었다가 테스트기의 두 줄을 확인한 후 환하게 웃던 남편의 얼굴이 잊히지 않는다. 누가 먼저랄 것도 없이 아이처럼 부둥켜안고 웃었다. 그간의 힘든 시간을 모두 날려 버릴 만큼 행복했다. 첫째를 만나는 데까지 소년이 고래를 만나는 일만큼 오랜 기다림이 필요했다. 망망대해에서 오직 고래만을 쫓아 울고 웃던 시간을 아이는 짐작이나 할까.

그림책에는 고래를 기다리는 소년 말고 또 하나의 존재가 등장한다. 바로 개다. "저게 고래가 아닐까?" 물으면 마치 대답이라도 하듯 소년을 바라본다. 그래서 나는 이 그림책이 좋다. 소년이 혼자가 아니라 더 좋다. 친구 개가 없었다면 오랜 기다림에 소년은 진즉에 지쳐 포기했을지도 모른다. 이제 나는 다시 고래를 기다린다. 이번엔 아이 말고 오롯이 나 자신에게 집중한다. 이른 새벽 졸린 잠을 억지로 깨워 컴퓨터 앞에 앉는다. 생각을 정리하고 글을 쓴다. 그림을 그린다.

아무래도 실력이 늘지 않고 더디기만 해도 이 시간이 견딜 수 없을 만큼 즐겁다. 지칠 땐 줌을 켠다. 가족 모두가 잠든 고요한 시간, 줌 화면을 켜면 진짜 좋아하는 일을 위해 기꺼이 새벽잠을 포기한 사람들을 만난다. 함께 이 길을 가자고, 그러니 포기하지 말라고 응원하는 마음들 덕분에 외롭지 않다. 빨리 고래를 만나고 싶다는 조급함에 빨간불이 켜지면 그림책 속 문장을 작게 말한다.

고래가 정말 보고 싶니?
그렇다면 바다에서 눈을 떼지 마.
기다리고
또 기다리고
또 기다리는 거야.

고마움

1. 명사   고맙게 여기는 마음이나 느낌
2. 정은어   아무런 대가를 바라지 않고 건넨 선물을
                   받았을 때 느끼는 마음

0이 100이 되는 기적

『하나의 작은 친절』
마르타 바르톨 글그림

기브 앤 테이크, 세상에 공짜는 없다?

무언가를 받으면 반드시 갚아야 한다고 배웠다. 기브 앤 테이크! 친구가 밥을 사면 다음엔 내가 샀고, 선물을 받으면 잊지 않고 비슷한 것으로 갚았다. 철이 들며 주고받는 일이 반복될 때마다 내 안에 작은 물음이 고개를 들었다. 돌려받을 줄 알고 주는 것도 '친절'이라 부를 수 있을까?

『아낌없이 주는 나무』를 처음 읽었을 때 바보처럼 주기만 하는 나무가 답답했다. 아무리 주어도 만족을 모르는 아이를 위해 모든 걸 다 내주다니 이해할 수 없었다. 동화에나 존재하는 이야기로 치부했고, 어른이 될수록 이야기는 점점 더 비현실적으로 여겨졌다. 인간이란 존재를 향한 실망이 커질수록 물질적인 것은 줘도 마음 곳간의 양식을 나누는 일엔 점점 더 인색해졌다. 그림책을 만나지 않았다면, 혹은 그림책 같은 마음을 지닌 어른을 만나지 않았다면 의례적인 예의를 친절로 착각한 채 살았을 것이다.

작은 선의의 씨앗

마르타 바르톨이 그린 그림책 『하나의 작은 친절』은 주인공의 친절한 마음이 돌고 돌아 결국 자신에게 돌아오는 기적 같은 이야기다. 소중한 반려견을 잃어 슬픔에 잠긴 주인공, 거리에서 전단지를 붙이다 우연히 마주친 연주자에게 빨간 사과를 건넨다. 지나가던 이가 그 모습을 흐뭇하게 바라본다. 하나의 친절이 또 다른 친절로 이어지고, 돌고 돌아 주인공의 반려견이 집으로 돌아오는 기적을 만든다. 우연과 행운이 겹쳐 해피엔딩이 되는 이야기. 현실에서는 없을 법한 판타지 같은 이야기를 이제 나는 진심으로 믿는다.

뒤늦게 나를 알고 싶어 몸부림치던 날, 나처럼 성장과 배움에 진심인 분들과 소모임을 하게 되었다. 당시 아낌없이 나누는 '기버'의 삶을 추구해야 한다는 리더의 말에 엄청난 혼란을 겪던 중이었다. 앞다투어 서로의 재능과 지식을 나누었지만, 그저 나누어 주는 강의를 열심히 따라가는 것만으로도 벅찼다. 그런데 평소 온화한 미소로 분위기를 환하게 만드는 K님이 전날 배운 캔바(무료 디자인 편집기)로 연습 겸 만들었다며 로고를 선물해 주셨다. 매일 강의를 듣는 것만으로도 피로가 쌓인 터라 무려 스물네 명의 로고를 일일이 만든 정성이 믿기지 않았다. 멤버 중 가장 나이가 많으셨지만, 우리가 기뻐하는 모습에 진심으로 감격하며 행복해하셨다. K님의 친절은 또 다른 나눔으로 이어졌다. 작은 나눔들이 어둠을 비추는 반딧불이처럼 점점이 빛나 주변으로 더 멀리 퍼져 나갔다. 어른이 되고서 본 가장 아름다운 광경 중 하나였다.

주는 것만으로도 기쁜 사람

주고서도 고맙다고 말하는 분들을 만난 후 세상을 더 긍정적인 시선으로 바라보게 되었다. 하나를 더하면 둘이 아닌 더 큰 숫자를 그리게 되었다. 그저 나눔 자체로 기쁠 수 있다는 걸 왜 진작 알지 못했을까? 돌이켜 생각하니 준 것보다 받은 게 더 많았다. 거저 받았는데도 받은 줄을 몰랐다. 삶의 어두운 면을 곱씹을 때 세상에 원망만 가득했는데, 대가 없이 베푸는 이들을 만난 날부터 감사한 순간들이 넘쳐났다. 아직 주고받는 게 더 익숙하지만 언젠가 주는 것만으로 충분히 기뻐하는 사람이 되고 싶다. 진심으로.

공허함

1. 명사   무엇인가를 잃어버린 후의 느낌이나 감정
                     상태
2. 정은어   마음에 구멍이 뚫린 듯 아무리 채우려 안
                     간힘을 써도 메워지지 않는 구멍을 가진
                     기분

유리병에 가둔
내 아픈 마음에게

『마음이 아플까봐』
올리버 제퍼스 글그림

삶이 유리 파편처럼 부서진 날

2014년 10월 25일 토요일, 아침부터 복통에 시달렸다. 하지만 임산부인 데다 주말이라 병원에 가도 검사를 못 받으리란 생각에 참고 또 참았다. 자정이 가까워진 시각, 눈앞이 하얘지고 몸을 가누기조차 힘겨워 급하게 응급실로 향했다. 급성 충수염과 조산이 함께 진행되고 있었다. 맹장이 터져 급박한 상황이니 당장 수술을 해야 한댔다. 당시 나는 임신 4개월이었지만 이미 자궁문은 열렸고, 아이가 막달만큼 내려와 위급한 상황이었다. 아픈데도 혼자만의 지레짐작으로 참고 견딘 대가는 혹독했다. 나와 아이 모두 위험했고, 한 달여의 시간 동안 고강도의 자궁 수축 억제제를 맞으며 더는 아이가 내려오지 못하게 버텼다. 모든 가능성을 이야기하는 의사 선생님의 설명은 어떤 가능성도 없다는 말처럼 들렸다. 눈물은 펌프에서 나오는 물처럼 펑펑 쏟아졌고, 울지 않을 땐 멍하니 벽만 바라보았다. 왜 갑자기 아팠는지, 왜 미련하게 버텼는지 배 속 아기에게 한없이 미안했다. 겨우 두 돌이 안 된 첫째도 병원에 올 때마다 집에 가자고 졸랐다. 그 겨울 근무지를 경기도로 옮겨야 했던 남편도 힘들기는 마찬가지였다. 혹독하게 추운 계절이었다.

고위험 산모들이 모인 병실에선 가끔 아이를 잃은 산모가 퇴원했다. 임신 초기부터 가만히 누워 있기만 했는데 밤새 아이는 하늘나라로 떠나 버렸다. 불안과 두려움이 나를 잠식하며 잠 못 이루는 날들이 이어졌다. 갑자기 아기가 나올까 봐 무서웠다. 양막이 열렸고, 한 달여를 버텼지만, 아기는 하늘나라로 떠났다. 어떤 이별의 말도 생각나지 않았다. 그저 마음이 뻥 뚫린 듯 공허했다. 배 속의 아이를 잃었지만 내겐 지켜야 할 첫째가 있었다. 아이가 상처받지 않도록 애써 마음을 추스르고 일상을 회복해야 했다. 아마 그 당시의 나도 지금 소개할 그림책처럼 슬픔을 병에 가두었는지 모르겠다.

소녀는 마음을 빈 병에 넣었습니다.
그리고 목에 걸었습니다.
그러자 마음은 아프지 않았습니다.

아픈 마음을 병에 가둔 소녀가 등장하는 올리버 제퍼스의 『마음이 아플까봐』를 만난 날, 이 책에 흠뻑 빠져들었다. 세상에 대한 호기심과 꿈으로 가득했던 소녀와 할아버지의 이야기. 소녀에게 할아버지는 세상의 모든 궁금증을 알려 주는 소중한 존재였다. 새로운 사실을 발견할 때마다 기쁨에 겨워한 소녀는 할아버지의 죽음을 마주하고 아픈 마음을 빈 병에 가두어 버린다. 더는 아프지 않았지만, 세상을 향한 열정과 호기심도 사라졌다. 그렇게 소녀는 어른이 되었고, 병은 점점 무겁고 불편해졌다.

소녀처럼 나도 점점 일상을 회복해 갔다. 혼자만의 시간이 찾아오면 죽은 아이 생각에 불쑥 눈물이 차오르기도 했지만, 첫째에게 엄마의 슬픈 모습을 보이고 싶지 않았다. 아픔을 가두니 더는 아프지 않은 듯 여겨졌고, 이상하게 다른 감각도 무뎌져 갔다. 그저 아이를 위해 상황에 맞춰 웃고 버티는 일상이 이어졌다. 아무렇지 않다고 생각했다. 정말 아무렇지 않은 줄 알았다.

아기를 잃고 몸과 마음이 만신창이가 되어 지금의 보금자리로 올라온 날은 유난히 눈이 펑펑 쏟아졌다. 왜 이렇게 불행한 일만 생기는 것인지, 태어나 처음으로 신을 원망한 그해 겨울의 눈은 마치 커다란 눈물방울 같았다. 소리 내어 울지 못하던 나를 하늘이 위로해 주는 것 같았다. 그렇게 눈 내리는 창밖을 가만히 바라보다가 말했다.

"우리 눈싸움하러 갈까?" 남편과 나, 아이 셋이서 세찬 눈보라를 맞으며 눈싸움을 하고 눈사람도 만들던 기억이 선연하다. 뭐가 그리 재밌는지 한바탕 크게 웃었던, 온몸으로 눈송이를 맞으면서도 이상하게 포근했던 그 밤이 생각났다.

『마음이 아플까봐』의 소녀도 어른이 되었다. 아픈 마음을 병 속에 가둔 채 세상에 무심하고 일상에 무기력한 어른. 어른이 된 소녀는 어느 날 바닷가에서 자신의 어린 시절을 닮은 작은 아이를 만난다. "코끼리는 왜 헤엄을 못 쳐요?" 아이의 질문에 어떤 대답도 떠오르지 않았던 소녀는 문득 병 속의 마음을 꺼내고 싶어졌다. 소녀는 결국 병 속의 마음을 꺼냈을까?

다시 찾은 봄, 너를 만났다

2017년 3월 21일 화요일, 그림책 속 해피엔딩처럼 뜻
밖의 선물로 잃어버린 마음을 되찾았다. 따스한 봄날
에 '봄이'라는 태명을 가진 작은 생명을 만났다. 둘째
가 태어나서야 비로소 병 속에 가둔 마음이 다시 내게
로 돌아왔다. 세상의 모든 아이가 다 축복이지만, 엄
마의 마음을 구원해 준 이 특별한 존재가 없었다면 내
가, 또 우리 가족이 다시 행복한 일상을 찾을 수 있었
을지 확신할 수 없다. 혹독하고 길었던 긴 겨울의 터
널을 지나 다시 찾은 봄은 눈부시게 아름다웠다. 새싹
이 움트고 꽃이 피고 온 세상이 초록이 되는 신비로움
을 바라보며 오랜만에 진심으로 세상은 참 아름답다
며 감탄했다.

　　　바로 그때 아이가……,
　　　마음을 꺼냈습니다.

궁금함

1. 명사   무엇이 알고 싶어 마음이 몹시 답답하고
안타까운 마음
2. 정은어   정답이라고 믿은 것들에 의문을 품고
답을 찾으려 애쓰는 마음

질문이 팝콘처럼 터질 때

『커다란 질문』
볼프 에를브루흐 글그림

'왜?'라는 질문을 시작한 건

엄마가 되면서부터다. 가을의 끝자락, 잎이 떨어져 가지만 남은 나무를 신기하게 바라보던 둘째가 물었다.

 "엄마, 나무가 이상해!"
 "나무가 옷을 벗어서 그런가 봐."
 "나무가 왜 옷을 벗었어?"
 "사람들처럼 나무도 예쁜 옷으로 갈아입으려고 준비하는 거지."
 "아~!"

 말이 익숙해진 아이는 틈만 나면 질문을 쏟아 냈다. 꼬리에 꼬리를 무는 물음에 어떻게 답해 주어야 할지 난감한 순간들이 자주 찾아왔다. 그러니 그건 아이 때문이었을 것이다. 태어나 처음으로 켜켜이 쌓아 둔 질문에 답을 찾기 시작한 건. 물음표를 달고 뭐든지 알고 싶어 안달이 난 아이처럼 내 속에 '왜?'라는 잎들이 낙엽처럼 흔들리며 떨어지기 시작했다. 그리고 지금 나는 행복한지 궁금했다.

아이처럼 도대체 행복이 무엇인지 물었다. '충분히 기쁘고 만족한 상태'라면 지금 이 순간 그런지 또 물었다. 간절히 아이를 소망하던 시절엔 엄마만 되면 행복은 세트처럼 따라오는 마음인 줄 알았다. 그러나 현실은 달랐다. 엄마가 되었지만 자주 '참을 인'자를 새겼고, '엄마 역할'에만 매몰되어 '나'는 없다며 우는 얼굴이 되었다. 아주 중요한 무언가를 잃어버린 사람처럼 질문에 매달리며 답을 찾기 위해 애썼다. 5년의 육아 휴직, 아이가 자라는 시간만큼 내 속의 물음도 점점 커져만 갔다. 그래서 볼프 에를브루흐의 『커다란 질문』 같은 그림책을 읽을 때면 제목만으로도 마음이 한껏 부풀어 오른다.

나를 알아가는 시간

나는 왜 이 세상에 있는 건가요?

작은 소년의 물음에 다양한 이들이 답을 들려준다. 여러 답 중에서 죽음과 엄마의 말이 마음을 끈다. 나라도 그림책 속 엄마처럼 아이의 뺨에 볼을 비비며 '너를 사랑하기 때문'이라고 말할 것이다. 사랑받는 존재라는 자각은 힘든 순간마다 든든한 지원군이 되어 줄 게 분명하므로. 파도처럼 너울대던 질문이 내게 닿았다.

　나에게는 뭐라고 답할지, 나는 왜 존재하는지, 무엇을 원하고, 어디를 향해 가고 싶은지. 처음이 아닌 질문, 심연에 가라앉았던 물음들이 봇물처럼 터져 나왔다. 마흔이 넘어서도 살아가는 이유를 찾지 못했다. 태어났으니 살았고, 이왕 사는 거 만족하며 살고 싶다는 막연한 답만을 품었다. 삶의 고비마다 갈팡질팡 헤맸던 건 내면의 목소리를 외면하고 타인의 인정만 갈구하며 쫓았기 때문이다. 객관식 시험 문제에 익숙해 정답만을 쫓고 오답인 이유를 치열하게 탐구하지 않아서였다.

　누구도 타인의 삶을 함부로 재단하고 평가할 수 없고 아무리 초라해 보이는 삶조차도 옳다. 서두를 필요도, 반짝일 필요도, 자기 자신 외에는 아무도 될 필요가 없다는 버지니아 울프의 문장이 내면에 세찬 물보라를 일으켰다. '자기 자신'이 되려면 나를 알아야 했다. 내가 누구인지, 무엇을 원하고, 어디를 향해 가고 싶은지 물어야 했다. 뒤늦게 글쓰기를 시작하며 조금씩 나를 알아 간다. 그림책을 만나며 품은 질문들로 새로운 세상과 마주한다. 기억들을 헤집어 감춘 줄도 몰랐던 감정을 찾아내고 진심을 알아챈다. 이른 새벽, 낯선 나와 만나는 시간이 산소 호흡기처럼 새로운 숨을 불어 넣는다.

삶을 사랑하기 위해 태어났다는 죽음의 답을 한참 동안 바라보았다. 질문을 품지 않았다면 코웃음 쳤을 답이었다. 삶의 마디에 꺾여 주저앉아 본 사람은 안다. 사랑은커녕 미워하지 않으면 다행인 것을. 오롯이 나를 위한 물음들. 신입 사원 면접을 보듯 나에게 질문한다. 태어나 처음으로 나를 주인공으로 캐스팅한다. 적어도 내 삶에서만은 감독이고, 주인공이고 싶다. 이 영화 또한 물음으로 시작할 것이다. 당신은 남은 인생을 어떻게 살고 싶냐고.

그리움

1.명사   보고 싶어 애타는 마음
2.정은어   추억을 되짚으며 떠난 이를 기억하는 마음

'안녕' 이별도 여행처럼

『여행 가는 날』
서영 글그림

첫 이별, 아빠가 떠났다

"안녕." 인사도 없이 아빠가 돌아가신 건, 스물여섯 가을이었다. 밤낚시를 가셨다고 했다. 실족사였다. 드라마나 뉴스에서만 보던 장면이 눈앞에 펼쳐진 날, 숨을 삼키기조차 힘든 황망함으로 다리에 힘이 풀렸다. 첫 상실의 기억을 소환하는 일은 여전히 아프다. 갑작스러운 사고로 주검이 되어 돌아온 아빠, 느닷없이 닥친 이별은 스물여섯에도 감당하기 어려운 슬픔이었다. 뼛가루를 담은 작은 단지를 들고 걸을 때도 당신의 부재가 믿기지 않았다. 삼일장을 치른 후 유품을 정리하며 찾은 것은 고작 몇 장의 사진과 옷가지뿐, 무심하고 덤덤한 표정의 아빠만이 거기에 남았다.

아빠는 선비였다. 아들 일곱, 딸 하나인 친할머니의 셋째 아들이었다. 공부에 재능이 있었지만 모두 뒷바라지할 수 없는 가정 형편으로 목수가 되었다. 우리가 자라는 동안 자주 일을 쉬셨고 늘 책이나 TV, 술과 함께하셨다. 주말이면 늦잠 자는 딸들 머리맡에 직접 차린 밥상을 차려줄 정도로 다정했지만 엄마에게는 가혹했다. 가족의 생계를 책임지기 위해 안간힘을 쓰는 엄마의 모습 위로 유유자적한 아빠의 모습이 겹쳐 보였다. 오랫동안 아빠가 미웠다. 아니 정확히 말하면, 아빠의 무능력과 무책임이 싫었다.

이별도 여행처럼

자, 이제 길을 떠나 볼까?

서영의 『여행 가는 날』을 읽고 아빠의 마지막도 이런 이별이었으면 좋았을 텐데 부러웠다. 어느 날 할아버지에게 먼 여행길에서 길을 잃지 않도록 도와주러 왔다며 '죽음'이란 손님이 찾아온다. 반갑게 손님을 맞이하는 할아버지, 살뜰하게 짐을 꾸리고 꽃단장을 한 후 설레며 집을 나선다.

그런데 할아버지, 안 슬퍼요?
슬프기는 미안하지.
남겨진 사람들이 슬퍼할까 봐 그게 미안해.

아빠도 미안했을까? 존재의 부재를 마주하고서야 진짜 마음을 알아챈다. 아빠는 딸들의 슬픔에 아파하고, 기쁨에 늘 활짝 웃으셨다. 동네방네 딸들을 자랑하셨다. 우리는 당신께 살아가는 이유였고, 유일한 희망이었다. 어린이날 아빠 손을 잡고 야구장에 갔던 추억, 원하던 대학에 합격한 날 새벽녘까지 행복한 마음을 쏟아 내며 자랑스러워하셨던 모습을 기억한다. 졸린 눈을 비비며 알았으니 그만 주무시라고 핀잔을 주던 이기적인 딸의 말에도 아랑곳없이 웃기만 하셨다.

　이건 어떤 감정일까? 2020년 개봉한 다큐멘터리 영화 <딕 존슨이 죽었습니다>도 비슷한 감정을 불러일으킨다. 영화감독인 딸 커스틴 존슨은 아버지 딕 존슨이 알츠하이머 치매로 기억을 조금씩 잃어가자 아버지를 돌보며 그 과정을 영화로 기록한다. 영화 속 딕 존슨은 예측 가능한 혹은 예측할 수 없는 온갖 방식으로 죽고, 또 죽는다. 왜 감독은 굳이 아직 찾아오지 않은 죽음을 반복적으로 재연하며 카메라에 담았을까? 잔인하고 짓궂은 이 실험이 아버지와 딸에게 어떤 의미였을까? 죽음이란 삶의 또 다른 모습일까? 죽음은 누구에게나 찾아온다. 조금 앞서거나 늦어질 뿐 예외는 없다. 자연의 섭리로 다가오는 죽음을 목전에 두고 딸은 어떤 마음으로 이 영화를 찍었을까?

기록은 더 나은 이별을 준비하기 위한 과정이었던 걸까? 온갖 질문이 꼬리에 꼬리를 물었고 영화에 관한 질문은 곧장 나 자신을 반추하는 물음으로 이어졌다. 핸드폰과 인터넷만 있으면 손쉽게 글, 영상, 소리를 기록하고 보관할 수 있는 세상인데도 바쁘다는 핑계로 흘려보낸 수많은 '오늘'이 떠올라 뜨끔했다.

어떤 감정은 상실의 순간보다 시간을 거슬러 점점 더 깊어진다. 나에게 "이별이 뭐예요?"라고 묻는다면, 주저하지 않고 "그리운 것들."이라고 답하겠다. 삼촌 손을 잡고 결혼식장에 들어간 날, 첫 아이를 낳았을 때, 인생의 중요한 순간마다 스며들던 감정들. 아빠와의 기억은 온통 그리운 것들 투성이다. 기뻤던 일도, 슬펐던 일도, 설레고 분노했던 추억이 기쁘면서도 그립고, 슬프면서도 그립다. 우리가 이토록 보고픈데 아빠는 오죽할까? 딸들의 부재로 외로울 당신 생각에 속상해하다 그림책 속 구절 덕분에 조금 안심한다.

걱정 말거라.
나는 그리운 사람들을 만나러 가는 거야.

나른함

1. 명사 맥이 풀리거나 고단하여 기운이 없는 마음
2. 정은어 무엇에도 흥미가 없어 지루하고 외로운
마음

너무 늦은 때란 없어

『엠마』
웬디 커셀만 글, 바바라 쿠니 그림

슬로우 모션 영화의 한 장면처럼

반쯤 감긴 눈, 부스스한 얼굴로 시계를 본다. 8시가 훌쩍 넘었다. 일어나 부엌으로 향할 즈음 아이들도 하나둘 눈을 비비며 일어난다. 엄마의 존재를 확인한 후 소파에 벌렁 몸을 누인 채 나머지 쪽잠을 잔다. 똑같은 영화의 필름을 수십 번 돌려 보듯이 비슷한 일상이 슬로우 모션처럼 이어진다.

2020년 봄, 초등 입학을 앞둔 첫째를 돌보기 위해 육아 휴직을 낼 때 만해도 전혀 다른 장면을 상상했다. 체험 학습으로 아이와 갈 장소를 알아보고, 평소 취미로 배우고 싶은 학원 정보도 수집하며 아이보다 더 들떴다. 그랬는데⋯ 하필 코로나 팬데믹이 터져 학교가 문을 닫는 초유의 사태가 벌어졌다. 몇 주면 끝나리라고 여겼건만 상황은 점점 나빠졌고 거리두기가 일상이 되며 집에만 있는 날들이 이어졌다. 처음엔 집에서도 할 수 있는 일들을 찾아 의욕적으로 계획을 세우고 실행했지만 오래가지 않았다. 나약한 의지를 탓하며 무기력과 반성, 의지를 다지는 패턴을 반복했다.

그즈음이었다. 우연히 유튜브 알고리즘에 등장한 타샤 할머니와 그녀의 아름다운 정원에 마음을 빼앗겼다. 초록과 꽃으로 가득한 드넓은 정원 한가운데 동화에나 나올 법한 차림의 할머니 한 분이 꽃을 심고 있었다. 동화 작가인 그녀는 정원을 일구고 손수 옷을 짓고 부지런히 몸을 움직여 좋아하는 일들을 한다. 한 사람의 손이 만들어낸 정원, 그 경이로운 풍경과, 삶의 어느 순간도 허투루 흘려보내지 않고 정성스럽게 가꾸는 할머니가 눈부셔 마음이 간질간질했다. 그때부터였다. 좋아하는 일에 열정을 쏟는 분들의 삶을 동경하기 시작한 건.

만족스러운 삶을 살기 위해

뒤늦게 발견한 웬디 커셀만이 쓰고 바바라 쿠니가 그린 『엠마』는 그 시절 동경했던 타샤 할머니의 이야기와 닮았다. 주인공 엠마 할머니는 나이가 일흔둘이고 가족이 무려 열네 명이지만 각자 흩어져 산다. 여느 노인의 삶처럼 혼자 지낼 때가 많고 가끔은 몹시 외롭다. 그녀의 유일한 낙은 가족의 방문이지만 각자의 생활로 바쁜 가족은 오래 머물지 않는다.

엠마 할머니도 나처럼 소박한 것들을 좋아한다. 눈이 현관 문턱까지 쌓이는 것을 바라보거나 산 너머 고향의 작은 마을을 떠올리며 행복해 한다. 할머니의 일흔두 번째 생일, 가족은 산 너머 작은 마을 그림을 선물한다. 아주 멋진 그림이었지만 할머니가 그리워하는 고향 마을은 아니다. 날마다 그림을 바라보는 할머니의 표정이 시무룩하다. 그림이 마땅찮은 할머니는 자신이 직접 고향 마을을 그리겠노라 결심하고 드디어 완성한다.

가족이 찾아올 때면 선물 받은 그림을 걸어 두었다가 떠나면 자기 것으로 바꿔 놓기를 반복하던 어느 날, 벽장 안에 감추는 걸 깜빡했다. 누구 그림인지 묻는 가족들에게 내가 그렸다고 수줍게 말하는 할머니. 모두 "멋져요!"를 외치는 뜻밖의 반응에 용기를 얻어 날마다 일상의 소박한 풍경과 추억을 그림으로 담아낸다. 그림책 초반 시무룩하던 표정은 온데간데없다. 굽은 등으로 붓을 쥐고 그림을 그리는 할머니의 얼굴이 환히 빛난다. 가만히 그림을 들여다본다. 엠마 할머니가 다정하게 속삭인다. "너무 늦은 때란 없어요. 그러니 당신도 할 수 있어요. 지금 시작하세요."

휴직 후 나만의 여유 시간이 생기면 그림을 배우리라 결심했었다. 학원에 가서 배울 수 없어 포기했는데 '하루 7분 오일 파스텔'이란 온라인 모임을 발견했고 신청했다. 아이 둘 독박 육아에 하루 7분이라니 딱 좋았다. 리더의 안내에 따라 정해진 책의 그림을 매일 한 장씩 그리는 미션이 주어졌는데 처음 그린 날을 떠올리면 지금도 얼굴이 빨개진다. 당시 식탁에서 대부분의 일을 하던 터라 그림 한 장을 완성한 후엔 오일 파스텔 찌꺼기가 여기저기 묻어 난리가 났다. 바닥에 떨어진 찌꺼기를 밟기라도 하면 온종일 방바닥을 닦는 아찔한 상황이 벌어졌지만 매일 치우고 그리는 일상은 삶에 활력을 주었다. 아침부터 밤까지 그림을 그리던 엠마 할머니처럼, 매일 정원을 가꾸고 그림을 그리고 잠시도 손과 발을 쉬지 않고 움직이셨던 타샤 할머니처럼 나의 삶도 창조성을 길어 올리는 샘과 같기를 바라게 되었다. 이왕이면 좋아하는 일을 하며, 서로의 파장에 이끌려 지지해 주는 친구가 있다면 더 무얼 바랄까. 그러니 언젠가 타샤 할머니처럼 말할 수 있기를. 더할 나위 없이 삶이 만족스럽다고.

냉랭함

1.명사　　　태도가 정답지 않고 매우 찬 마음
2.정은어　　책임과 걱정으로 웃지 못하는 마음

혼자의 성에 갇힌 당신께

『방긋 아기씨』
윤지회 글그림

혼자의 성에 갇힌 왕비님, 나의 엄마께

"우리 딸들은 왜 엄마를 안 닮았나 몰라." 외모에 자신감이 대단했던 엄마는 예쁜 옷을 사서 입힐 때마다 이렇게 말씀하셨다. 실제로 엄마는 예쁜 편이었고, 그런 엄마는 나의 자랑이기도 했다. 엄마는 남달랐다. 늘 당당하고 자신감이 넘쳤다. 어떤 상황에도 화가 나면 분노를 표현했고 아이와 어른의 경계를 분명히 했다. 어린 시절을 떠올리면 엄마는 한 번도 딸들에게 약한 모습을 보여준 적이 없었다. 마치 혼자의 성에 갇힌 도도한 여왕 같았다.

윤지회 작가의 그림책 『방긋 아기씨』에도 아름다운 왕비가 등장한다. 아주 크고 화려한 궁궐에 살지만 왕비는 마음 둘 곳이 없고 혼자인 것만 같다. 몇 해가 흘러 예쁜 아기씨가 태어난다. 아기씨의 탄생을 축하하는 잔치가 열흘 밤낮으로 열리고 왕비는 종일 아기씨 생각뿐이다.

"죽다 살았지. 너희를 낳을 때 집 한 채 값이 들었어. 제왕 절개를 했는데 출혈이 너무 심해서 죽을 수도 있다고 했어." 엄마는 출산의 추억을 자주 소환했다. 우리를 낳을 때 얼마나 고생했는지 이해받고 싶어 하셨다. 상기된 얼굴로 얘기를 꺼낼 때마다 평소엔 몰랐던 온기를 느꼈다.

왕비도 분명 비슷한 감정이었으리라. 아기씨를 위해 무엇이든 다 해 주고 싶어 잠시도 곁을 비우지 않는다. 그러던 어느 날 왕비는 무언가 잘못되었음을 알아차린다. 아기가 웃는 모습을 한 번도 본 적이 없는 것이다. '도대체 왜 웃지 않는 걸까?' 근심은 깊어가고 아기씨가 웃기를 바라며 특별한 선물로 값비싼 옷과 맛있는 요리, 우스꽝스러운 공연을 보여 주지만 소용없다.

유년기를 떠올리면 늘 굳은 표정의 엄마가 있다. 나의 엄마도 잘 웃지 않으셨다. 늘 조금은 화가 나 보였다. 자라면서도 친구들처럼 엄마에게 마음을 털어놓거나 고민을 나누는 일은 없었다. 엄마는 항상 바빴고 피곤해 보이셨다. 그래서일까? 아이일 땐 동네 소문난 말괄량이였다던 내 성격이 변한 것도. 지금은 거의 사라진 중고교 시절의 사진을 보노라면 뚱한 표정에 화가 난 듯 보이는 아이가 거기 있다.

왕비가 웃으니 아기씨도 웃었다

아기씨가 웃지 않는다는 소문은 의사 카르가의 귀에
까지 흘러 들어간다. 왕비를 찾아간 카르가는 우는 사
람도 웃게 만드는 신통한 비법이 있다고 속삭인다. 왕
비는 그를 믿어 보기로 한다. 카르가가 깃털로 아기씨
를 살살 건드리는 순간, 아기씨가 울음을 터뜨리고 왕
비는 화가 머리끝까지 나서 그를 감옥에 가두라 소리
친다. 다급해진 카르가가 그녀에게 깃털을 갖다 대자
그녀의 입에서 웃음이 터져 나온다. 왕비는 웃고 웃고
또 웃다가 급기야 눈물까지 흘린다.

왕비님은 웃고 또 웃었어요.
어찌나 웃었는지 나중에는 눈물까지 흘렸어요.

아기씨가 가만히 왕비님을 바라보았어요.
아기씨의 눈에 환하게 웃는 왕비님이 비쳤어요.

그때였어요.

방긋, 아기씨가 웃는 게 아니겠어요?

엄마를 빤히 바라보던 아기씨가 갑자기 방긋 웃는다. 온통 파란색이던 왕비의 얼굴색이 살구색으로 변한다. 환한 미소를 지으며 왕비님이 아기씨를 꼭 끌어안으며 속삭인다. "아가야, 사랑해." 엄마와 꼭 닮은 예쁜 표정으로 아기씨도 따라 웃는다.

처음으로 엄마에게 대들었던 날이 기억난다. 스무 살 중반, 더는 잔소리를 참지 못하고 "내버려 두세요!" 소리쳤었다. 크고 높은 태산만 같던 엄마가 작은 어깨를 들썩이며 눈물을 보이셨다. "딸아, 미안해." 처음이었다. 엄마에게 대든 것도, 나에게 사과하신 것도. 기분이 이상했다. 엄마는 강한 사람인 줄만 알았는데, 이렇게 작고 약한 존재였나 생각하니 눈물이 났다.

엄마가 된 딸이 엄마에게

"엄마가 웃을 때까지 기다리지 못한 딸이 엄마에게 드립니다."

작가 소개 아래에 적힌 문장을 읽고 말로는 표현하기 힘든 감정이 차올라 눈시울이 붉어졌다. 나도 엄마가 웃기만을 기다렸나 보다. 아무리 기다려도 웃지 않는 엄마 때문에 나만 상처받았다고 생각했다.

아빠는 자주 집에 계셨다. 꾸준히 성실하게 일을 하지 못하셨다. 엄마는 집에 가만히 앉아 남편이 돈을 벌어 주기만 기다리는 사람이 아니었다. 농사를 짓고, 가축을 키우고, 장사도 하는 등 온갖 일을 하며 가정을 건사하셨다. 일하는 엄마는 우리에게 익숙하고 당연한 모습이었다. 가족을 위해 열심히 돈을 벌고 녹초가 되어 피곤한 몸을 누이던 가장의 역할과 아이들을 챙기는 엄마의 역할을 동시에 해내야 하셨다. 그 시절의 엄마를 생각하니 엄마가 왜 웃을 수 없었는지 알 것 같았다. 아이를 낳고 엄마가 된 후 일하는 엄마로 산다는 게 얼마나 힘든지 뼛속 깊이 느낀다. 남편의 적극적인 협력이 없었다면 벌써 나가떨어졌을 것이다. 엄마는 이 모든 책임을 혼자 짊어지셨다. 삶의 분노를 자식에게 쏟아 내는 엄마가 미웠는데 이젠 엄마가 불쌍하고 고맙다.

"엄마 화났어요? 엄마는 동생한텐 다정하게 대하면

서, 나한텐 왜 안 웃어줘요? 엄마 웃어 봐요!" 육아의
고단함에 지쳐 마음이 잔뜩 흐린 날마다 첫째가 말했
다. 억울하단다. 내가 받지 못한 사랑의 말들을 아낌
없이 표현하는데도 아이들은 매번 부족하다고 칭얼
댄다. 엄마 품이 제일 좋고 늘 엄마의 사랑이 고픈 아
이들처럼 어른이 되어서도 나는 엄마 품이 그립다. 따
스한 엄마가 그립다. 삶의 파고에 홀로 외로웠을 엄마
께 내가 사랑을 드릴 차례다. 엄마의 표정에 웃고 울
던 아기씨도 엄마가 되었다. 어른 아이, 웃음을 드릴
수 있는 나이가 되어 참 다행이다. 윤지회 작가의 문
장처럼 엄마가 웃을 때까지 기다리지 말고 내가 먼저
못 다한 마음을 전해야겠다. "엄마, 사랑합니다."란 말
과 함께.

너그러움

1.명사   마음이 넓고 아량이 있음

2.정은어   흔들리는 순간에도 자신을 믿는 마음

나에게 다정할 것

『시저의 규칙』
유준재 글그림

겉보기엔 평온한

"몇 번을 말해야 해. 엄마가 하지 말랬잖아." 얼음이 된 아이를 세워 둔 채 언성이 높아진다. 어제도 치우고, 오늘도 치우고, 이젠 알아들을 만도 한데 여전히 혼자 하겠다며 칭얼대다 기어이 그릇, 컵도 모자라 냉장고 바의 상판마저 떨어뜨렸다. 아이가 무사한 걸 확인하자마자 화가 불같이 솟았다. 온화한 엄마 스위치는 꺼지고 무서운 엄마로 돌변해 매섭게 아이를 다그치려다 문득 정신을 차린다. 데자뷔처럼 떠오르는 기억 한 자락, 일곱 살이었던 나와 동생이 타잔 놀이에 심취해 이불장 문짝에 매달려 노느라 여념 없다. 잠시 후 천둥소리가 나는가 싶더니 문짝 한쪽이 부러진 팔처럼 덜렁거린다. 붉으락푸르락 달아오른 엄마의 얼굴빛과 하얗게 질려 내복 바람으로 쫓겨난 날의 기억이 서늘하다. 언제부터일까? 자주 혼나고 하지 말아야 할 것들이 늘어나며 말 잘 듣는 아이로 자란 건.

"왜 엄마 아빠 말만 옳아요?"

"그게 우리 집의 규칙이야."

"왜 선생님은 해도 되고, 우리는 안 돼요?"

"교칙이잖아. 학생이니까 당연히 지켜야지."

멈칫하는 순간들

아이를 낳고, 왜 그래야 하는지 묻는 아이의 물음에 자주 말문이 막혔다. "나는 엄마고 선생님이야. 어른 이니까 아이를 바른길로 인도해야 해."라는 궁색한 답을 확신에 찬 얼굴로 말할 때마다 심연에 가라앉은 물음 하나가 들릴락 말락 수면 위로 올라왔다. 반드시 해야 하는 건 누가 정한 걸까?

그렇게 멈칫하던 날들에, 유준재가 쓰고 그린 『시저의 규칙』속 시저가 말을 걸었다. 울창한 숲속 늪지 대에는 커다란 악어 시저가 산다. 잡아먹히는 동물도, 잡아먹는 자신도 숨소리조차 내선 안 된다는 시저의 규칙은 곧 숲의 규칙이다. 바스락거리는 순간 꿀꺽! 오늘은 어미 새를 삼켰다. 다음날 시저의 눈앞에 둥지 하나가 나타났다. 한입에 삼키려다 멈칫, 위대한 숲속의 왕이 하찮은 새알 따위로 배를 채울 순 없다며 그대로 둔다. 알에서 새끼가 나오면 잡아먹겠다던 시저는 정작 솜사탕 같은 새끼 새들을 보자 또 마음이 바낀다. 다른 동물이 넘보지 못하게 둥지 주위를 지키고, 지렁이와 벌레를 잔뜩 물어 와 새끼 새들에게 먹인다.

"혼내지를 않으니 애들이 징징대잖아. 잘못하면 따끔하게 혼내야 다음에 안 그러지." 나를 향해 남편이 한마디 한다. 나라고 왜 모를까. 아이의 행동이 도를 넘을 땐 단호하고 엄격한 훈육도 필요하다는 걸. 그런데 이상하게 단호해야 할 순간마다 누군가 내 화 스위치에서 '멈춤' 버튼을 누른 것처럼 격렬하던 감정들이 잦아들었다. 혹여나 나의 이런 우유부단함으로 아이들이 제대로 배우지 못할까 두려웠지만, 두려움과 배움은 함께 춤출 수 없고 배움에 필요한 건 두려움이 아닌 신뢰라는 책 속의 문장들이 머릿속을 헤집었다. 진정 바라는 건 두려움이 아닌 신뢰인데, 가끔 나의 단호함에 실린 게 아이들이 배우기를 바라는 마음인지 이기려는 권위인지 헷갈렸다.

하찮은 새알과 작은 새끼 새 따위를 위해 조용해야 할 숲에 소리를 허용하고, 작은 생명이 자라도록 규칙을 바꾼 시저. 그도 같은 마음이었을까? 현재의 자신을 낯설어하며 과거의 모습과 대화하듯 마주 본 장면에 한참 동안 시선이 머물렀다. 결국 배고픔을 견디지 못한 시저가 모두 잡아먹겠다며 커다랗게 포효한다. 깜짝 놀란 새들이 일제히 날아오른다. 견고했던 시저의 성이 와르르 무너진다.

내 안에 웅크린 시저도 우렁차게 포효한다. 깜짝 놀라 꼭 쥐었던 단어 하나를 내려놓는다. 떨어진 '반드시' 곁에 '어쩌면'과 '괜찮아'를 놓아둔다. 나에게 다정해지기로 한다.

다정함

1.명사   감정, 태도, 분위기 따위가 정답고 포근한
         마음
2.정은어   정성을 다해 끓인 된장찌개를 먹고
         온기로 가득한 마음

네가 웃으면 좋겠어

『리디아의 정원』
사라 스튜어트 글,
데이비드 스몰 그림

컴컴하고 어두운 기차역에 도착했다

2002년, 월드컵 4강으로 온 나라가 핑크빛 환희에 들떴던 시기에 임용 시험을 준비했다. 매일 집과 도서관을 오가며 쉼 없이 전공서를 외우고 문제 풀이에 전념했던 겨울, 그토록 꿈꾸던 선생님이 되었다.

가끔 묻는다. 특수 학교가 어떤 곳인지, 장애 학생을 가르치는 교사가 얼마나 고된 직업인지 알면서도 왜 이 길을 선택했는지. 눈을 감고 생각에 잠긴다. 2003년, 노란 점퍼에 쪽빛 추리닝을 입고 도망가는 아이를 쫓아다니던 어리바리 선생 한 명이 있다. 아이들의 고성과 코끝을 찌르던 오물 냄새, 교육인지 보육인지 구분도 안 되던 시절, 하루에도 열두 번씩 이 일을 계속할 수 있을지 고민했다. 자신이 없었다.

사라 스튜어트가 쓰고, 데이비드 스몰이 그린 『리디아의 정원』을 읽을 때면 리디아가 도시의 컴컴한 기차역에 처음 도착한 장면에 자꾸 시선이 머문다. 컴컴하고 어두운 공간에 작은 소녀만 유채색이다. 책의 배경은 미국이 대공황으로 경제적 어려움을 겪던

1930년대, 주인공 리디아의 부모님 역시 오랜 실직으로 힘겨운 시기를 버텨내는 중이다. 첫 장은 리디아가 '짐 외삼촌'께 보내는 편지로 시작한다. 도시에서 빵집을 운영하는 외삼촌은 형편이 나아질 때까지 리디아를 맡아 주겠다고 제안한다. 리디아를 보내야 했을 때, 가족이 모두 울었다는 대목에 마음이 먹먹했다. 얼마나 어려운 상황이었으면 아이까지 보내야 했을까? 편지에서 리디아는 말한다.

저는 작아도 힘이 세답니다.

교사가 된 첫해, 참 많이도 울었다. 원래 눈물이 많기도 했지만 매일 울 일들이 생겼다. 돌이켜보면 그 시절의 난 능력은 부족한데 열정만 가득했다. 노력하면 조금은 나아져야 하는데 늘 제자리였다. 학교 밖으로 뛰쳐나간 아이를 쫓고, 자해하는 아이를 말렸다. 자해를 막겠다고 호언장담했던 학부모의 얼굴을 볼 낯이 없어 고개를 숙일 때마다 우는 것 말고는 할 수 있는 게 없었다. 같은 실을 썼던 선배 선생님도 내 모습이 안쓰러운지 자주 이런 말씀을 하셨다 "꼭 오뚝이 같아. 집에 갈 땐 우는데 다음 날 또 쌩쌩해. 괜찮

아. 잘하고 있어." 나도 리디아처럼 작지만 힘이 세지고 싶었던 것 같다. 웃었지만 언제까지 버틸 수 있을지 장담할 수 없는 날들이었다.

그림책 속 리디아의 상황은 절망 그 자체다. 좋아하는 꽃이나 나무도 없고, 사랑하는 가족도 없다. 유일한 혈육인 외삼촌은 웃지 않는다. 평범한 아이라면 울음을 터트릴 만한 상황이건만 이 작은 소녀는 주변 사람들, 특히 웃지 않는 삼촌이 행복하기만을 간절히 소망한다. 여기저기 꽃들이 아름다움을 뽐내는 봄이 무르익어 갈 무렵, 리디아는 삼촌을 비밀 장소로 초대한다. 리디아와 에드 아저씨, 엠마 아줌마는 옥상 한가운데 정성껏 가꾼 정원을 통째로 외삼촌에게 선물하며 환한 미소를 짓는다. 그들을 마주한 외삼촌은 얼어붙은 듯 굳은 채 서 있다. 외삼촌은 결국 웃으셨을까?

마음이 웃었으니 이젠 괜찮아

"선생님, 이거 따뜻한데 드세요." 수줍게 붕어빵을 내밀던 M의 어머님을 만난 건 교사가 되어 두 번째 봄을 맞았을 때다. 홀로 아이를 키우던 어머님도 장애가 있으셨지만 아이를 위하는 마음만은 여느 부모님과 다르지 않으셨다. 지적 장애와 당뇨, 녹내장에 병치레가 잦은 M을 어머님은 헌신적으로 보살피셨다. M은 그해, 일반 학교에서 교사를 밀어 특수 학교로 온 H와 한동네에 살았다. H는 특수 학교에서도 분노를 참지 못하고 수업 중이던 교사의 얼굴을 들이받아 코뼈를 부러뜨렸다. 이례적으로 특수 학교에서도 정학 처분을 받았고, 병원 치료와 가정 학습을 병행했다. H의 담임이었던 나는 병원과 집을 오가며 H를 만났다. H를 만나러 갈 때는 꼭 M의 집도 들렀는데 어머님이 늘 따스한 환대로 맞아 주셨다. 빠듯한 형편을 알고 과일이라도 사다 드리면 미안해하시던 어머님의 모습이 눈에 선하다.

스승의 날 즈음이었을 것이다. 어머님이 집 근처 가게를 지나가다 선생님 생각이 나서 샀다며 예쁜 머리끈을 슬쩍 책상에 올려두고 가셨다. 어느 날은 가정 방문 오실 때 집에 들러 달라며 신신당부하셨다. 아침부터 몸살 기운에 몸이 천근만근이던 날, 얼굴만 잠시 뵙고 가려고 들렀는데 저녁이라도 먹고 가라며 작은 상을 내오셨다. 갓 지은 밥 한 공기에 보글보글 끓인 된장찌개가 전부였지만 이상하게 가슴이 뻐근해지며 목이 메었다. 겨우 감사하다는 말을 꺼내고 후루룩 밥 한 그릇을 깨끗하게 비웠다. 따뜻했다. 지금도 가끔 추위에 마음 한 자락이 서늘해지면 M의 어머님이 끓여 주신 된장찌개가 떠오른다. 그 시절 나는 리디아였을까 외삼촌이었을까. 사실 누구였든 중요하지 않다. 다만 먼 길을 돌고 돌아 나를 버티게 하고 여전히 이 길을 가도록 이끈 너머엔 그 시절 나를 안아준 어머님들이 계셨다. 유난히 따스했던 된장찌개가 있었다.

> 외삼촌은 제가 지금까지 한 번도 보지 못한
> 굉장한 케이크를 들고 나타나셨습니다.
> 꽃으로 뒤덮인 케이크였어요.
> 저한테는 그 케이크 한 개가 외삼촌이
> 천 번 웃으신 것만큼이나 의미 있었습니다.

답답함

1. 명사   숨이 막힐 듯이 갑갑한 마음
2. 정은어   고구마 백 개를 먹은 것처럼 마음 안에
                    무언가가 꽉 낀 상태

도무지 알 수 없는 날

「끼인 날」
김고은 글그림

정말 나를 위한 것 맞아?

"취미 생활 열심히 하는 건 좋은데, 좀 적당히 하자!"
이른 새벽, 밤낮을 가리지 않고 글쓰기와 배움에 여념
이 없던 나를 두고 남편이 한마디 툭 던진다. 틀린 게
아니라 다른 거라 말하면서도 다른 것이 여간 불편한
듯, 나를 위하는 말처럼 얘기를 꺼낸다. 티 내지 않으
려 애쓰지만 '다 너를 위한 말이야.'의 속뜻이 '네 행동
을 되돌아봐.'임을 알아챈 순간 얼음이 된다. 이상하
게 뒷맛이 개운치 않다. 씁쓸한 기분! 정말 나를 위한
것이 맞는지 의문이 든다.

꼬인 날, 끼인 날!

좋아하는 일을 더 즐겁게 하려면 에너지가 필요하다.
운동도 해 보고, 식습관도 점검하며 개인적인 노력을
쏟아 본다. 그러나 아무리 의지를 끌어모아도 외부에
서 자극이 들어오면 소용없다. 에너지가 소진되어 하
루가 엉망이 되는 날들을 여러 번 경험했으므로 최대
한 갈등을 피한다. 기분에 휩쓸리지 않고, 긍정적인
마음을 유지하려 노력한다. 그런데도 어김없이 상황

은 꼬이고 불편한 순간이 찾아온다. 하나의 사건 혹은 말을 각기 다른 방식으로 이해하고 해석하니 당연한 귀결이다. 의도하지 않은 일들로 비난 아닌 비난을 듣고, 이해받지 못한 기분이 들어 괴로운 날, 김고은이 쓰고 그린 『끼인 날』을 만났다.

표지엔 문틈에 끼여 눈, 코, 입이 밖으로 튀어나올 듯 우스꽝스러운 모습의 여자아이가 등장한다. 아이는 대체 무엇에 끼인 걸까? 아이의 일주일을 따라가 본다. 첫째 날, 하얀 구름 사이에 낀 개를 발견하고 사다리를 걸쳐 데리고 내려온다. 둘째 날, 모기 한 마리가 슈퍼 할머니의 주름살 사이에 주둥이가 끼어 울고 있다. 왜 끼었는지 물으니 할머니를 물려고 앉았는데 깜빡 조는 바람에 끼였단다. 이번에도 주름살을 벌려 모기를 구해 준다. 이쯤 되면 작가의 상상력에 슬슬 입꼬리가 올라간다. 매일 기상천외한 일들이 벌어지고 아이는 일초의 망설임도 없이 끼인 친구들을 구한다. 저게 해로운 존재인지 아닌지 가치판단 같은 건 없다. 동물을 넘어 방귀에 끼인 사람들도 구해 주는 장면에 이르면 배꼽이 남아나질 않는다. 지쳐 쪼글쪼글해진 얼굴로 집으로 돌아오니 이번엔 부모님이 고래고래 소리를 지르며 싸운다. "네 탓이야, 너 때문이야!" 고함을 지르는 엄마 아빠 사이에 싸움 요정이 끼어 있다. 사이에 낀 싸움 요정을 빼내려 고군분투하는 아이.

　나는 자주 그림책을 통해 배운다. '발상의 전환이란 이런 거구나!' 뒤통수를 세게 얻어맞은 것처럼 멍해진다. 세상 모든 존재의 이야기에는 그것만의 이유가 있다. '저 사람은 원래 이기적인 사람이니까.'와 '오늘은 저 사람도 나도 무언가에 끼인 날인 거야.'는 명백히 다른 관점이다. 단정 짓지 않고, 판단하지 않고, 사람과 행동을 동일시하지 않으려 애쓴다. 그렇게 애써도 어느 날은 도무지 상대를 이해할 수 없는 날들을 만난다. 이해해야겠다고 결론을 내리더라도 뭔가 억울하다. '왜 나만 매번 이해해야 해?'라는 속상함이 꼬여 급기야 비구름을 몰고 온다.

　꼬인 날, 끼인 날! 작가의 시선으로 다시 주변을 둘러보았다. 할머니의 주름살 사이에 끼인 모기조차 안쓰럽게 바라보던 시선을 따라가니 마음의 빗장이 열린다. 싸움 요정이 떠나간 후, 엄마 아빠 사이에 끼어 잠든 아이의 표정이 사랑스럽다. 끼이는 게 반드시 싫은 일만은 아니라는 걸 깨닫는다. '나는 옳고 너는 틀려.'라고 판단하며 미워하는 마음을 오래 품고 있으면 결국 가장 크게 상처받는 건 나라는 걸 상기한다. 그렇게 끼인 것들을 빼낸 후 한결 홀가분해진 하루를 맞는다. 막힌 변기가 뻥 뚫린 것마냥 속이 시원하다. 흔들렸던 중심을 오뚝이처럼 잡는다. 다시 나로 선다.

당당함

1. 명사   남 앞에 내세울 만큼 모습이나 태도가
            떳떳한 마음
2. 정은어   나의 의지대로 중요한 선택을 해 나가는
            마음

내 삶의 주인공은 나야!

『착해야 하나요?』
로렌 차일드 글그림

착해야만 할까?

"애니메이션 학과에 진학해서 만화가가 되고 싶어요."
처음 만화가의 꿈을 꺼냈을 때, 무슨 말도 안 되는 소
리냐며 다그치던 목소리가 아직도 생생하다. 그건 취
미로 할 일이지 직업으론 안 된다고 하셨다. 울컥 반
발심이 생겼지만 포기했고, 순종적인 자녀들이 그러
하듯 성적에 맞춰 적당한 대학의 학과에 진학했다.

대학은 태어나서 처음 만난 자유의 세상이었다. 인
생에 철학적 사유의 질문이 끼어들었다. 공부, 성적,
부모의 기대에 갇혀 한 번도 묻지 않았던 질문을 품었
다. 어떤 시시한 농담도 술잔을 기울이며 논쟁할 만한
가치가 있었다. '산다는 건 뭘까? 우린 무엇을 위해 달
리는 건가?' 지금의 자신에 만족하는지 묻고 또 물었
다. 그중에서 가장 궁금했던 건 '내 힘으로 무엇을 할
수 있을까?'였다. 무엇을 하고 싶고, 어디까지 날 수
있는지, 가능성을 시험해 보고 싶었다. 날개를 푸덕거
리는 새끼 새처럼 혼자 날고 싶은 욕망이 자랐고 시도
해 보라는 목소리가 자꾸만 등을 떠밀었다.

로렌 차일드가 쓴 『착해야 하나요?』 속 유진의 일탈이 반가웠던 건 아마도 착한 아이 배지를 당당히 던져 버린 스물한 살의 나와 닮았기 때문이리라. 유진은 모두가 인정하는 착한 아이다. 어른들 말도 잘 듣고 누가 시키지 않아도 착한 일을 한다. 반면 여동생 제시는 늘 제멋대로 행동하는 나쁜 아이다. 어느 날, 유진은 생각한다. 제시는 브로콜리도 안 먹고, 토끼장 청소도 안 하고, 늦게까지 잠도 안 자고 텔레비전을 보는데도 왜 그냥 내버려 둘까? 이상하다. 뭔가 대단히 불공평하다.

착한 아이가 되어 봤자 좋을 게 뭐람?

이제 유진도 나쁜 아이가 되기로 마음먹는다. 스스럼없이 "싫어, 안 할 거야!"라고 소리친다.

낯선 길에서 만난 세상

"자퇴하고 싶어요!" 의지와 무관하게 선택한 대학 생활이 2년을 채워 갈 즈음 대학을 자퇴하고 싶다고 말씀드렸다. 마침 IMF로 힘든 시기였으니 휴학만 하라고 만류하셨지만 결심이 흐려질까 자퇴를 했고, 수험을 선택했다. 낮엔 단과 학원을 오가고, 저녁부터 밤까지 독서실에서 일하며 학원비를 벌었다. 스스로 선택한 과정이었기에 피곤했지만 발걸음은 가벼웠다. 낯선 길에서 만난 모든 것이 새로웠다. 혼자 밥을 먹고, 다양한 과목의 수업을 들었다. 문과 체질이라고 굳게 믿었는데 막상 공부해보니 수학과 과학도 재미있었다. 깊게 알진 못해도 배운다는 게 그토록 즐겁고 신나는 일인지 처음 알았다. 매일 어깨가 뻐근할 만큼 무거운 책가방을 짊어지고 학원을 오가며 지하철에서 쪽잠을 잤다. 고단하고 힘들었지만 사서 한 고생이니 힘들다 칭얼댈 수도 어설픈 마음으로 포기할 수도 없었다.

안전하고 반듯한 길로만 걸었으면 알지 못했을 세상을 그 시절의 일탈로 만났다. 공부란 부모를 위해 하는 선물이라 믿었다. 좋은 성적을 받고 칭찬을 받으면 누구보다 자랑스러운 표정으로 으쓱하던 건 내가 아니라 부모님이셨으니까. 유진이 부모님을 위해 착한 아이가 되려고 했던 것과 마찬가지로 말이다. 유진은 스스로 토끼장을 청소하며 깨닫는다. 착한 일을 하면 기분이 좋아진다는 걸. 나도 깨달았다. 무언가를 배운다는 건 기분 좋은 일이라는 걸. 착한 아이라고 말하는 부모님께 유진과 제시는 한마음으로 이야기한다. 우린 착한 아이도 나쁜 아이도 아니라고, 착할 때도 있고, 덜 착할 때도 있고 안 착할 때도 있다고.

나에게 당당함은 삶의 주인공이 되겠다는 마음이다. 스스로 선택한 길이기에 어떤 결과지를 받아 들더라도 괜찮으리란 믿음이다. 새로운 시작에 앞서 소심함과 두려움이 밀물처럼 흘러들면 '괜찮아. 나를 믿어.'라고 말해 준다. 깊게 심호흡을 한 후, 가슴을 편다.

두려움

1. 명사   어떤 대상을 무서워하여 불안한 마음
2. 정은어   커다란 구멍 속에서 허우적대는 마음

못난 게 아니라
아름다운 거야

『나는 강물처럼 말해요』
조던 스콧 글, 시드니 스미스 그림

유창하게 말하고 싶지만

2월생이라 한 해 이른 일곱 살에 입학했다. 나이가 들어서는 조기 입학이 혜택처럼 여겨졌지만 어릴 땐 달랐다. 모든 것이 더뎠으니까. 특별히 머리가 좋지도 않아서 선생님 말씀을 이해하는데 오랜 시간이 필요했다. 교육열이 낮은 시골의 작은 학교를 다닌 덕분에 크게 눈에 띄지는 않았지만 나 자신만은 더딤을 분명히 느꼈다. 유아기엔 언어와 운동 발달이 빨라 동네 골목대장을 자처할 정도로 활발했다는데 학교에 입학하고선 왜 그리 수줍은 성격이 되었냐는 말을 자주 듣고 자랐다.

어릴 적 기억은 끊긴 필름처럼 또렷하지 않지만, 추억 몇 가지가 드문드문 떠오른다. 초등 2학년 때쯤인 것 같다. 모두가 숨죽인 시간, 종이 한 장이 책상에 놓여 있다. 수능처럼 중요한 시험도 아니었을 텐데, 시험지 속 문장이 무슨 뜻인지 몰라 울컥한 기분으로 바라보았던 기억이 선연하다. 가끔 알지 못하는 단어들이 머릿속을 부유했다. 또래보다 서툰 모습을 들키고 싶지 않았다. 점점 말수가 줄었고 듣는 게 편했다. 발표할 차례가 올 때면 머릿속이 하얘지고 심장이 터질 듯 쿵쾅거렸다. 오래도록 말들은 내 안에 갇혀 길을 잃었다.

서툰 모습 때문에 두려움이 찾아오면 나는 조던 스콧이 쓰고 시드니 스미스가 그린 『나는 강물처럼 말해요』를 떠올린다. 이른 아침, 한 소년이 창밖을 내다본다. 창밖 너머 보이는 풍경을 이야기하고 싶지만, 목소리가 엉겨 말할 수가 없다. 혀와 목구멍에 달라붙어 입속에 가득 찬 낱말들처럼 소년의 표정도 복잡하다. 소년은 말이 서툴다. 말을 할 때 나오는 자기 목소리가 싫다. 무언가를 말해야 하는 순간이 가장 두렵다. 그 시절의 나도 그림책 속 소년처럼 두려웠다. 소년은 더 자주 얼굴을 붉혔을 것이다. 자신의 목소리와 표정에만 주목하며 키득거리던 주변의 반응이 얼마나 불편했을까?

어느 날, 선생님께서 한 사람씩 돌아가며 세상에서 가장 좋아하는 곳에 관해 이야기하는 과제를 주셨다. 오늘은 소년이 발표할 차례다. 그 마음이 어떨까 짐작이 갔다. 아들의 마음을 알아챈 아빠는 소년을 강가로 데려간다. 강가에서 소년은 발표 수업을 떠올린다. 자신의 발표에 키득거리며 비웃던 아이들의 모습이 생생히 떠오르며 마음에 폭우가 쏟아진 듯 눈물이 차오른다. 슬퍼하는 아들에게 아빠가 말한다.

강물이 어떻게 흘러가는지 보이지?
너도 저 강물처럼 말한단다.

더 용감한 어른으로 자랐더라면

대학 시절, 청각 장애 유치원에서 실습을 했다. 한창 조잘조잘 말할 시기의 아이들이었지만 교실은 고요했고, 인공 와우를 한 아이들은 선생님의 입 모양을 유심히 바라보느라 여념이 없었다. 태어나 수천 번 반복해 들어야지만 겨우 익힐 수 있는 말의 소리를 거의 듣지 못한 채 살아온 아이들이었다. 선생님의 입 모양만 뚫어지게 바라보며 눈을 반짝이던 아이들의 모습에 숨소리조차 아껴 뱉었다. 선생님께서 아이의 손을 자신의 입에 가져가 '아' 모음을 발음했다. 입술은 어떻게 움직이는지, 어느 정도 벌리고, 숨을 얼마나 뱉어야 하는지 시범으로 알려 주셨다. 한 낱말을 말할 때 얼마나 많은 신경과 감각이 작용하는지 배웠다. 오랜 애씀의 시간이 쌓여 '아'를 알아듣게 말하는 순간이 그토록 놀라운 일인지. 무언가를 변형 없이 듣는 일이 얼마나 커다란 축복인지. 그 시절의 나처럼 더듬거리던 소년도 흘러가는 강물을 보며 깨닫는다. 말을 더듬는 건 다른 방식으로 말하는 것일 뿐 전혀 부끄러운 일이 아니라는 걸. 물거품이 일고, 굽이치고, 소용돌이치고, 부딪히는 강물처럼 자신의 물결대로 흐름을 만들고 말하는 일은 단순히 유창하게 말하는 소리보다 더 중요하다는 걸.

> 말을 더듬는 건 두려움이 따르는 일이지만
> 아름다운 일이에요.
> 물론 나도 가끔은 아무 걱정 없이 말하고 싶어요.
> 우아하게, 세련되게, 당신이 유창하다고
> 느끼는 그런 방식으로요.
> 그러나 그건 내가 아니에요.
> 나는 강물처럼 말하는 사람이에요.
> (작가의 말 중에서)

"엄마, 여기 둄 봐바. 됴쪽도 말됴, 됴쪽도 말됴…."
(엄마, 여기 좀 봐봐. 요쪽도 말고, 저쪽도 말고.) 첫째

보다 발달이 더딘 둘째는 여전히 혀 짧은 소리를 낸다. 느리고 서툰 학생을 가르치며 개개인의 속도에 맞게 기다려 줘야 한다는 걸 배웠지만, 정작 내 아이가 늦으니 마음이 조급해진다. 엄마가 알아듣지 못해서 조급한 건 아이도 마찬가지다. 뜻을 알아채지 못할 때마다 "아니, 그게 아니고"라고 말하는 둘째의 눈가에 눈물이 그렁그렁하다. "엄마가 못 알아들어서 미안해. 다시 말해 줄래?"란 한 마디에 다시 생생해진다.

어린 시절의 내가 청각 장애 유치원의 아이들처럼, 혀 짧은 소리를 내는 둘째처럼 서툰 모습을 당당히 드러낼 수 있었다면 더 용감한 어른이 되었을까? 어른이 된 나는 이제 글로 마음을 쏟아 낸다. 글이 멈출 때는 두려움이 앞을 막아서는 순간이다. 삐죽이 솟은 두려움을 마주한 채 때론 잔잔하고 때론 물보라를 뿜으며 부딪치던 마음속 말들을 더듬더듬 토해 낸다. 마치 강물처럼 말하던 그림책 속 소년처럼.

만족

1. 명사   모자람이 없이 흡족하게 여기는 마음
2. 정은어   부족함조차도 다정하게 바라보는 마음

'만족스러운 나'로 살기

『조금 부족해도 괜찮아』
베아트리체 알레마냐 글그림

괜찮아, 조금 부족해도.

5년의 육아 휴직을 마치고 복직했을 때, 1년 휴직 후 코로나로 한꺼번에 변해 버린 교육 시스템에 적응해야 했을 때도 부족함과 마주하는 일은 힘겨웠다. 육아 휴직을 빼더라도 12년을 몸담은 곳이다. 기본은 해내리라 믿었건만 현실은 달랐다. 오랜만에 맡은 담임 역할과 새롭게 바뀐 시스템에 신규 시절로 돌아간 듯 허둥댔다. 기대는 실망으로 실망은 부끄러움으로 이어졌다. 학교에서는 짐짓 태연한 척 버텼지만, 실망 가득한 날들에 휘청거렸다. 영화 필름처럼 무심히 흘러가는 일상에서 서툴고 못난 모습들을 뚝 잘라 없애 버리고 싶었다. 자신감이 바닥을 치고 작은 위로의 말이 간절했던 날, 그림책 한 권이 다정하게 나를 쓰다듬어 주었다. 조금 부족해도 괜찮다고.

베아트리체 알레마냐의 『조금 부족해도 괜찮아』에는 어딘가 하나씩 부족한 다섯 명의 친구가 등장한다. 배에 큼직한 구멍이 있는 구멍이, 몸이 꼬깃꼬깃 주름진 주름이, 몸이 물렁물렁한 물렁이, 모든 게 거꾸로

인 거꿀이, 이름 그대로 엉망진창 못난이인 엉망진창이. 다섯 친구에겐 특별한 일도, 하고 싶은 일도 없다. 이따금 누가 가장 못난이인지에 대해 입씨름을 했지만 즐겁기만 하다. 어느 날, 낯선 친구가 찾아온다. 잘생긴 얼굴에 늘씬한 몸, 모든 것이 반짝반짝 빛나는 완벽한 친구다. 뭘 하고 있냐고 묻는 완벽이의 물음에 아무것도 안 한다고 대답하는 다섯 친구들. 어떻게 아무것도 안 할 수가 있냐며 깜짝 놀라는 완벽이의 말에 자신의 단점을 이야기한다. 이야기를 들은 완벽이는 너희들은 아무것도 아니고, 쓸모없다며 쏘아 댄다.

완벽이의 일침에 충격을 받은 다섯 친구가 단점을 곱씹는다. 하지만 곰곰이 생각해 보니, 단점으로 여긴 특징들은 장점이 되기도 한다. 예를 들어, 내성적인 사람은 소심하지만 외향적인 사람보다 더 깊이 생각하며 세심할 수 있다. 덤벙대는 사람은 허술하고 일 처리가 완벽하진 않아도 관계에서 상대에게 편안함을 줄 수 있다. 똑같은 사람은 한 명도 없다. 조금씩 내성적이고 외향적이며, 덤벙대기도 하고 꼼꼼하기도 하다. 어떤 성향이 조금 더 두드러질 뿐 하나의 특성이 그 사람 자체는 아니며 단점이 장점으로 바뀌기도 한다. 단점을 새로운 시각으로 바라본 다섯 친구는 완벽이만 남겨둔 채 서로의 등을 토닥이며 밖으로 나간다.

완벽한 사람들의 세상

완벽한 사람들만 사는 세상을 상상해 보았다. 누구도 실수하지 않고, 완벽을 유지하기 위해 쉼 없이 움직이겠지. 창피함을 무릅쓰고 도움을 청한다거나 무모한 일에 도전하는 일은 찾아볼 수 없으리라. 흠잡을 데 없는 완벽한 사람들은 결함이 있는 외모, 성격, 능력을 이해하지 못할 것이다. 상상만으로도 숨 막히는 풍경이다. 완벽한 사람들끼리의 삶이 과연 행복할까? 한 치의 빈틈도 없이 어떤 모험과 좌절도 허락하지 않는 세상의 풍경을 떠올리니 삭막하기만 했다.

사람은 누구나 몇 명의 못난이를 거느리고 산다. 정도의 차이만 있을 뿐, '구멍이, 주름이, 물렁이, 거꿀이, 엉망진창이'는 우리 삶의 특정 장면에 불쑥 고개를 내민다. 내 안의 구멍이 덕분에 화를 가라앉았고, 마음이 허전한 날엔 주름이가 간직한 추억들 덕분에 웃을 수 있었다. 아무 생각 없이 자고 싶은 날은 물렁이가 나타났고, 벽에 부딪힐 때 긍정적 시선으로 세상을 바라보게 해준 건 거꿀이 덕분이었다. 마음대로 일이 풀리지 않은 날에도 소소한 성취에 기뻐할 수 있었던 건 엉망진창이 덕분이었다. 다섯 친구가 자신의 장점을 발견하고 즐거워한 것처럼, 나 또한 감추고만 싶었던 못난이들을 다정한 시선으로 바라보게 되었다.

　지금보다 더 나은 사람이 되어야 한다고 늘 자신을 몰아세웠다. 일이 뜻대로 풀리지 않을 때마다 '대체 잘하는 게 뭐냐.'는 자책이 습관처럼 튀어나왔다. 안아 주기는커녕 상처를 주고 채근하는데 앞장선 건 다름 아닌 나 자신이었다. 완벽을 종용하는 현실에서 나는 나에게 가장 해로운 사람이었다. 잘하고 싶고 칭찬받고 싶은 마음은 같은데, 왜 내게만 이토록 모질게 대했을까?

　첫째가 친구들은 모두 종이 접기 대장, 축구 대장인데, 자신만 잘하는 게 없다며 잔뜩 풀이 죽었다. 다른 사람의 장점은 금방 눈에 띄나 보다. 당장이라도 울 것 같은 아이를 바라보다 넌지시 말해 주었다. 넌 자전거도 잘 타고, 동생이랑도 잘 놀아 주는 다정한 형인 데다가 기발한 놀이도 곧잘 만든다고. 무채색이던 아이의 얼굴이 생생해졌다. 덧붙여 말해 주고 싶었다. 우리는 모두 서툴다고. 인생의 수많은 실수를 통해 배우고 성장한다고. 우리 내면의 못난이들 덕분에 타인을 이해할 수 있는 법이라고, 말하려다 멈춘다. 정작 이 말을 들려 주고 싶은 건 아이가 아니라 나다. 부모가 온몸으로 보여 주면 아이는 저절로 배울 게 분명하다.

미움

1. 명사   모양, 생김새, 행동거지 따위가 마음에
들지 않거나 눈에 거슬리는 마음

2. 정은어   어른이 될수록 감추고 싶지만 실은
우리를 지켜 주는 고마운 마음

난 네가 싫어

『호텐스와 그림자』
나탈리아 오헤라,
로렌 오헤라 글그림

어디로 숨은 걸까?

"엄마, 미워!" 깜짝 놀랐다. 서슴없이 미운 감정을 내보이는 아이가 신기했다. '싫어, 미워, 안 할래' 내겐 금기어인 말들을 아이는 자연스레 내뱉었다. 특수 교사인 내게 장애는 익숙한 단어다. 감정 조절이 힘든 학생들을 여럿 만났고, 어떻게 관계를 맺어야 할지 오래도록 고민했다. 그런데 감정에 관한 책을 쓰며 내게도 장애가 있다는 걸 깨달았다. 감정을 제대로 표현하지 못하는 장애. 특히, '미움'을 표현하는 데 취약했다. 분명 자존심을 건드리고, 비꼬는 말인데 당당히 싫은 감정을 표현하지 못했다.

"괜찮아요?"
"아니요."
"그런데 왜 싫다고 말하지 않았어요?"

물음이 머릿속을 헤집었다. 소심한 나를 자책하려는 게 아니다. 어른이 아이처럼 '싫어, 미워, 안 할래'를 자연스레 말할 수 없는 건 당연하다. 그렇지만 왜 매번 '미움'의 감정을 감추려만 드는지 답답했다.

내가 챙기지 못한 감정들은 어디로 숨은 걸까? 문득 갈등마다 불쑥 나타났다가 사라지던 '미움'의 안부가 궁금해졌다. 나탈리아 오헤라, 로렌 오헤라 자매의 『호텐스와 그림자』 속 호텐스가 그림책 밖으로 나와 내게 물었다. "혹시 너도 네 그림자를 떼어 내고 싶니?"

그림자를 싫어한 소녀

흰 눈 덮인 고요한 숲속에 꼬마 소녀 호텐스가 살고 있다. 그녀는 따뜻하고 용감했지만 딱 하나 싫어하는 게 있는데, 바로 자기 그림자다. 그림자는 호텐스가 어딜 가든 따라오고, 무슨 일을 하든 따라 한다. 밤이 되면 섬뜩해지는 그림자를 감추려 하지만, 아무리 애써도 소용없다. 점점 더 고약해지는 그림자를 향해 호텐스가 소리쳤다. "난 네가 싫어!" 어느 아침, 호텐스는 그림자도 자신을 싫어한다는 걸 깨닫는다. 창문을 내리고 쫓아 오는 그림자를 잘라 버린다. 드디어 사라졌다. 이제 그림자는 어디에도 없다. 소녀의 마음이 환해졌다.

미움이 없으면 편안할까? 호텐스의 그림자처럼 싫은 마음들이 사라지면, 완전한 행복을 얻을 수 있는 걸까? 상처받은 마음을 달래기 위해 끼적인 일기에서 어떤 마음 하나를 발견했다. 글 속에서 끓어오르는 감정들이 나를 공격하지 않도록 '미움'은 나를 지켜 주고 있었다. 너는 틀리지 않았다고, 좋은 사람이라고 무표정한 얼굴의 그림자가 진실을 말한다. 때로는 '미움의 감정' 덕분에 온전해진다고.

> 그림자야, 너와 나는 하나야.
> 그러니 제발 돌아와 줘!

그림자가 없으면

살아가며 알게 된 진실이 있다. 사람은 누구도 완벽하지 않으며, 완전무결한 삶은 어디에도 없다는 것. 겉으로 표현하지 않을 뿐, 누구에게나 마음속 깊은 곳에 어둠의 방을 하나쯤은 품고 있다. 아이일 때는 점처럼 작았던 방이 점점 크고 복잡해져 감히 들여다볼 엄두도 못 낼 만큼 깊어진다. 우리의 무의식은 그 방의 문을 절대 열어서도 궁금해서도 안 된다고 경고한다.

여는 순간 어둠이 우리를 삼킬지도 모른다고. 호텐스도 나와 같은 두려움에 그림자를 떨치려 했던 건 아닐까? 자신 속의 어둠이 아름답고 만족스러운 모습조차 빼앗아 갈까 무서웠던 건 아닐까? 슬프고 화나고 우울한 날, 친구와 온종일 수다를 떨었지만 정작 말하고 싶은 진심은 하나도 꺼내지 못한 채 집으로 돌아오던 날, 미움이 가득 차 실컷 화내고 울고 소리치고 싶은데 상대가 이 마음을 이해하기는 할지 의구심이 들어 어둠의 방에 넣어 둔 수많은 그림자에게 용서를 구한다. 너희를 미워하고, 감추려고만 해서 미안하다고.

믿음

1. 명사   어떤 사실이나 말을 꼭 그렇게 될 것이라
                       생각하거나 그렇다고 여기는 마음
2. 정은어   보이지는 않지만 단단한 끈으로
                       연결되어 있다고 여기는 마음

함께 걸어서 정말 좋았어

『산책』
다니엘 살미에리 글그림

봄날의 산책처럼

책을 썼던 봄은 유난히 뒤척임이 컸다. 직장과 가정에서 중심을 잃고 휘청거렸다. 분명하게 규정하기 힘든 불안이 자주 찾아들었다. 아무리 애서도 자신을 일으킬 수 없어 막막하던 날, 손 하나가 간절한 두드림을 알아채고 잡아 주었다. 나를 글쓰기의 세계로 이끌어 준 R작가는 글쓰기 모임의 리더이다. 그녀는 교사라는 안정된 직업을 박차고 콘텐츠 기획 전문가의 삶을 선택했고, 지도도 나침반도 없이 깜깜한 숲 가운데 망연자실 멈춰 선 내게 새로운 세상의 문을 열어 주었다. R작가와 글쓰기 동기들을 만난 그 봄은 다니엘 살미에리가 쓰고 그린 『산책』처럼 특별하다.

고요하고 깊은 겨울밤 곰과 늑대가 산책을 나왔다. 혼자라고 생각했는데 새하얀 눈밭 저쪽에 누군가 있다. 서로의 존재를 알아챈 꼬마 늑대와 곰이 가까이 다가가 묻는다. 혹시 길을 잃었냐고. 눈 내리는 고요한 숲을 좋아하는 곰과 눈 밟는 소리를 좋아하는 늑대가 함께 걷는다. 젖은 나무껍질 냄새를 맡고, 눈이 털 위에 내려앉는 소리를 들으며 눈송이 하나하나를 가만히 들여다본다.

우리의 봄도 비슷했다. 봄 내내 책을 썼다. 다양한 직업, 환경, 관심사를 가진 사람들이 모여 쓰고 싶은 주제를 정하고 책을 쓰기 시작했다. 그렇게 우연히 만나 같은 '글숲'을 산책했다. 이른 새벽 졸린 눈을 비비며 줌을 켜고 자신만의 이야기를 글로 썼다. 이상하고 신기한 경험. 시간이 흐를수록 줌 너머 아득하게 보이던 사람들의 실체가 또렷해졌고 따스한 마음들이 일상에도 스며들었다.

러셀, 나를 이끄는 존재들

앞장서서 눈밭을 헤치고 나아가는 사람을 '러셀'이라 부른다고 했다. 글쓰기 멘토인 R작가에게 온라인 이웃이 붙여준 별명이란다. 그 별명을 듣는 순간 감탄이 새어 나왔다. 그녀는 러셀 같은 사람이다. 쓰고 싶다는 마음에 기꺼이 손잡아 주고, 나에게 '글 쓰는 사람'으로 살아가는 능력을 장착해 주었다. 험난한 길도 힘든 내색 없이 씩씩하게 걸어가는 그녀의 너른 등 뒤로 작은 불빛들이 줄지어 따라가며 자신만의 불을 밝힌다. 희미하던 불빛들이 반짝 힘을 내며 두려움을 몰아낸다. 함께 산책하던 곰과 늑대도 이별의 시간을 맞았다.

함께 걸어서 정말 좋았어.

나도 너랑 같이 있어서 정말 즐거웠어.

다시 만날 수 있을까?

그들처럼 우리의 글숲 여정도 이별을 맞았다. 줌을 켜고 공식적으로 함께한 마지막 시간, 코끝이 시큰했다. 계절의 순환처럼 만남과 이별도 자연스러운 이치건만 누구도 쉬이 화면을 끄지 못했다. 다행히도 그림책의 끝은 이별이 아니다. 어느 따스한 봄날, 숲으로 산책 나온 곰과 늑대가 다시 만난다. 약속 없이 헤어진 그들이 우연히 만나 함께 숲길을 걷는다.

비록 공식적인 만남은 끝났지만 서로를 향한 반짝임은 현재 진행형이다. 이른 새벽, 줌을 켜고 아직 남은 채팅방에 링크를 남긴다. 작은 불빛들이 하나둘 찾아든다. 점점이 이어진 불빛 덕에 긴 겨울을 견딜 힘을 얻는다. 어느 봄날, 곰과 늑대처럼 우연히 만나 같은 글숲을 거니는 상상을 해 본다. 상상만으로도 힘이 난다. 언젠가 우리도 다시 만나 각자의 보폭으로 즐겁게 거닐 것이다. 지금처럼 고요히 서로의 삶을 응원할 것이다.

분노

1. 명사   분하고 화가 나서 몹시 성을 내는 마음
2. 정은어   화가 나서 활화산처럼 끓어올라 터져
              나오는 마음

그건 사람이 아니야,

짐승이지!

『늑대들』
에밀리 그래빗 글그림

아프게 할 권리

중학교 일학년 봄, 핸드폰도 없고 전화도 뜸하던 시절, 환경 미화를 하느라 늦은 저녁에 귀가했다. 안 그래도 연락 없이 늦는 딸 걱정에 예민해진 엄마는 무심하게 들어오는 내 태도에 더 화가 났을 것이다. 화난 목소리의 엄마가 한 손에 나무 빗자루를 들고 양말 채로 마당에 들어섰다. 엄마를 말리던 할머니의 뒷모습과 놀라 뒷걸음질 치던 어린 나, 엄마가 무서워 동네 어귀까지 내달렸다. 그날 엄마에게 혼만 났는지, 맞았는지는 기억나지 않지만, 어둠 속에 나무 빗자루를 들고 선 엄마가 괴물 같다고 생각했다. 그 시절도 지금도 생각한다. 사람이 사람을 아프게 할 권리가 있는지.

양부모에게 입양된 16개월도 안 된 아이가 죽었다. 삶과 죽음을 선택할 기회조차 없었던 작은 생명 하나가 사라졌다. 당시 아이의 복강은 피로 가득했고, 연속된 골절로 극심한 고통을 겪었다고 했다. 오랜 학대를 알아챈 주변인들이 세 번이나 신고했고 구할 기회도 있었건만 아이를 살리지 못했다. 그런 부모를 만난 운명 탓으로만 돌리기엔 석연찮다. 불행에 맞설 수조차 없는 작은 생명을 보호할 최소한의 안전 장치도 없는 사회 시스템에 화가 났다. 내 아이가 자랄 세상이 위험하다는 걸 인정하고 싶지 않았다. '정인이의 죽음' 이후, 그와 비슷한 사건들을 마주하며 꺼진 줄만 알았던 마음의 사화산이 폭발하기 직전의 순간처럼 들끓었다.

책을 읽거나 영화를 볼 때, 대부분의 이야기는 현실과 동떨어진 다른 세상 일처럼 감정의 거리두기가 수월했다. 그러나 아동 학대, 성폭력, 묻지마 범죄 같은 범죄들을 다룬 기사를 읽을 때면 바로 옆 동네 일처럼 가깝게 느껴졌다. 에밀리 그래빗이 내 마음에 들어갔다 온 걸까? 작가는 『늑대들』을 통해 나 같은 이의 불안을 정확히 꿰뚫는다.

내가 책이나 신문을 통해 끔찍한 범죄 기사를 읽듯, 그림책 속 토끼도 무시무시한 늑대가 등장하는 책을 읽는다. 책 제목도 "늑대들". 늑대의 습성과 사는 곳을 읽을 때만 해도 늑대는 책 속에만 존재하므로 안심이었다. 늑대의 생김새를 설명하려는 찰나, 이미 커다랗고 거친 늑대가 그림책 밖으로 나왔다. 책을 읽는 내

내 토끼는 책 밖 늑대 위를 걷는데 늑대의 강한 턱과 날카로운 이빨을 묘사하는 장면에 이르면 뒷덜미가 서늘해진다. 토끼를 노려보는 시선, 이미 늑대는 맛있는 먹잇감을 사냥하기 직전이다. 다음 장, 여기저기 할퀸 흔적과 '토끼'라 적힌 종이 귀퉁이만 남았다. 토끼는 어디로 간 걸까? 갑자기 가슴이 철렁 내려앉는다.

용서해줘서 고마워

"아프냐, 나도 아프다." 드라마 <다모>의 명대사다. 체벌이 허용되던 시절 교칙을 어긴 학생의 손바닥을 때리고, 온종일 떼쓰는 아이에게 등짝 스매싱을 날린 날은 부끄럽고 창피해서 잠이 오지 않았다. '사랑의 매' 같은 건 없다고 믿으면서도 온갖 변명들로 폭력을 정당화하는 나의 이중성에 수치심이 일었다. 어떤 이유건 얼마쯤은 나의 감정이 묻어난 폭력이었고, 정작 나는 상대만큼 아프지 않았음을 고백한다. 어느 누구도 다른 존재를 의도적으로 아프게 할 자격은 없는 것이다. 특히 작고 여리며 힘없는 존재를 향한 폭력은 항변의 여지가 없다.

출근길, 요구를 들어주지 않아 화가 난 둘째가 뽀

로통하게 말했다. "나 엄마 안 볼 거야." 자기 눈만 감고선 투쟁이라도 하듯 말하는 아이가 우습고 짠했다. 눈을 감은 아이를 본다. 아이 눈에만 내가 안 보일 뿐, 나에게는 눈을 감은 아이가 또렷이 보인다. 다섯 살 아이의 복수란 겨우 이런 것이다. 눈을 꼭 감은 아이를 보니 전날 본 뉴스 속 '정인이'가 떠올랐다. 마치 불의로 가득한 현실을 외면하며 눈을 질끈 감은 어른들을 아이가 질타하는 것 같았다. 학대와 폭력에 제발 눈감지 말라고 말하는 것 같았다. 폭력은 폭력일 뿐… 무엇도 아니다. 실눈을 뜬 아이가 으스대듯 말한다. "엄마, 다음부턴 안 봐줄 거야. 이번만 봐주는 거야." 두 눈을 질끈 감은 내게 아이가 구원의 손길을 내민다. 그 손을 덥석 잡으며 말했다. "고마워, 용서해줘서!"

불안

1. 명사   마음이 편하지 아니하고 조마조마함
2. 정은어   낯선 환경에서 걱정, 불안, 두려움이
                   뒤섞여 새로운 만남을 막아서는 마음

제발 그냥 가 주면 안 돼?

『쿵쿵이와 나』
프란체스카 산나 글그림

불안이 뭐길래?!

"엄마, 걱정돼."
긴 연휴를 마치고 학교에 가는 날, 오늘도 아이는 긴장된다고 말했다.
"저번 주에도 씩씩하게 갔잖아."
"그래도 긴장돼. 어떡하지? 잘할 수 있을까?"

코로나로 학교를 일주일에 한 번만 갈 때도 매번 안절부절못했다. 아이의 불안이 엄마인 나에게도 옮았는지 당연히 괜찮을 텐데도 마음이 쓰였다. 다행히 하굣길의 아이는 훨씬 편안한 표정을 짓고 교문을 나왔다. 편안해지면 누구보다 밝고 활기찬 성격을 드러내는지라 처음의 두려움만 극복하면 될 일이었다. 아이가 걱정으로 불안해할 때마다 "걱정은 걱정 나무에 매달아 놓고 가는 거야."라든가 "크게 심호흡을 해봐. 한결 나아질 거야." 등의 해결 방법을 이야기해 주었다. 그런데 똑같은 불안이 어른인 나에게 생겼을 때는 걱정 나무나 심호흡으로는 해결되지 않는 게 문제였다.

열 살 무렵, 감기 몸살로 온종일 고열로 뒤척이다

깼는데 엄마가 보이지 않았다. 약 사러 나간 엄마가 돌아왔을 때 안도와 함께 긴장이 풀려서 엉엉 울었다. 어떤 날은 교통사고가 나서 부모님이 갑자기 돌아가시는 상상에 떨었고, 또 어떤 날은 우주인이 공격해 지구를 지배하는 뜬금없는 공상들이 불쑥 솟았다. 그러고 보니, 걱정이 아예 없는 날은 없었다. 매일 작고 사소한 일들로 조마조마했다. 대체 이 녀석 어디서 온 걸까? 자주 찾아들어 걸음을 멈추게 만드는 마음, 프란체스카 산나가 『쿵쿵이와 나』에서 '쿵쿵이'라고 이름 붙인 것의 정체가 궁금해졌다.

쿵쿵아, 넌 어디서 왔니?

내게는 오래된 비밀이 하나 있어.
'쿵쿵이'라는 꼬마 친구야.

그림책 첫 장, 작가는 꼬마 친구 한 명을 소개한다. '쿵쿵이'. 내게도 종종 나타나던 바로 그 녀석이다. 낯선 세상을 만날 때마다 허락 없이 마구 심장을 두드려대던 녀석, 책 속 소녀가 새로운 나라에 온 뒤로 쿵쿵이는 엄청나게 커진다. 밖에 나가서 새 이웃을 만나거나 학교에 가고 싶은데 쿵쿵이가 꼼짝도 안 하니 어쩔 수 없다. 소녀는 누구도 알 수 없고, 사람들도 소녀를 알 수 없다. 소녀는 수업이 끝나면 한달음에 집으로 달려가 먹고, 먹고, 또 먹는다. 밤에는 쿵쿵이 때문에 푹 잠들지도 못 한다.

어디서 많이 본 장면이다. 새로운 장소, 사람, 일에 적응해야 할 때마다 경험하지 않았던가. 스트레스를 받으면 배가 고프지 않아도 달콤한 간식을 먹고, 먹고, 또 먹었다. 아무리 먹어도 마음의 허기가 채워지지 않았다. 한 잔이면 충분하던 커피를 연달아 두세 잔씩 마셔도 몽롱함이 가시질 않았다. '쿵쿵이'가 원인이었다. 저 녀석이 나를 부추겼던 게 분명했다. 그런데 저 녀석, 어디서 왔지? 왜 자꾸 커지는 걸까? 내 물음에 마음이 멋대로 답한다. 네가 날 만들었고, 날 이렇게 커지게 했다고.

어른이 된 나는 쿵쿵이의 진짜 이름이 무엇인지 정확히 안다. 내게도 있다. '불안, 걱정, 두려움' 3종 세트. 용기를 내어 마주하면 실체가 분명했던 마음들, 그런데 왜 매번 비슷한 과정을 반복할까. 아마도 불안이나 두려움이 우리의 콤플렉스와 맞닿아 있기 때문이리라. 이런 약점을 지닌 나를 과연 사람들이 사랑하고 인정할 지라는 두려움에 쿵쿵이가 자꾸만 커졌던 것이다. 소녀가 새 친구를 만나고 다른 아이들에게도 쿵쿵이 같은 비밀 친구가 있다는 걸 알게 되면서 소녀의 두려움은 점점 작아진다. 학교 가는 길이 날마다 더 가벼워진다.

두려워하는 것에는 아무런 힘이 없으며, 힘을 가진 것은 우리가 품은 두려움 그 자체라던 오프라 윈프리의 명언처럼 쿵쿵이에게 힘을 준 것은 바로 나였다. 그러니 쿵쿵이 곁에 다른 마음들이 드나들 공간을 마련해야 한다. 새로운 모험으로 걱정, 불안, 두려움이 앞설 땐 내 안의 쿵쿵이에게 인사를 건넨다. 네가 누구인지 알고 있다고. 그러니 너무 커지지 말라고 다독인다.

불편

1.명사   몸이나 마음이 편하지 아니하고 괴로운
             상태
2.정은어   싫다고 말하고 싶지만 목구멍에 걸려
             말하기 힘든 마음

싫다고 말하고 싶지만

『곰씨의 의자』
노인경 글그림

불편한 마음들

"가긴 어딜 가려고?" 주말 부부를 그만두고 거제로 근무지를 옮기겠다고 말씀드린 날, 어머님께서 하신 말씀이 아직도 생생하다. 결혼 후 2년을 주말부부로 지냈다. 직장이 거제였던 남편을 따라 근무지를 옮길 수도 있지만, 맞벌이에 아이를 키우려면 양가의 도움이 필요했다. 2년간 평일엔 친정, 주말엔 시댁을 오가며 보냈다. 그러나 결혼만 하면 금방 생길 줄 알았던 아기는 생기지 않았다. 부부만의 시간도 절대적으로 부족했기에 긴 고민 끝에 거제행을 결정했다. 단단한 가정을 꾸리기 위한 선택이었고, 어머님의 허락을 구할 일이 아니었지만 예상치 못한 반응에 마음 한편이 불편했다.

대학 동아리 선배였던 남편은 아들 셋인 집의 장남이었다. 어머님은 여느 집들처럼 가부장적인 남편과 무뚝뚝한 아들 사이에서 TV를 벗 삼아 외로움을 달래셨다. 그래서인지 주말마다 시댁을 찾는 며느리를 내심 기특하게 여기셨다. 며느리가 찾아오면 맛있는 요리를 만드시고, 손수 생일상을 차려 주실 정도로 깊은 애정을 표현하셨다.

처음엔 마냥 고맙고 감사했다. 며느리를 위해 아낌없이 호의를 베푸는 어머님의 기대에 부응하려 애썼다. 묵은 상처를 말밖에는 풀 방법이 없다며 같은 푸념을 수십 번씩 듣거나, 개인적인 일들을 함께하길 바라실 때도 열심히 쫓아다녔다. 한 달, 두 달, 일 년. 주말마다 비슷한 일상이 이어졌다. 즐거운 날도 있었지만, 아버님과 골이 깊어질수록 어머님의 푸념은 늘었고, 잦은 만남은 오히려 독이 되었다. 적당한 거리를 잃은 어머님과의 관계는 점점 불편함으로 다가왔다.

노인경이 쓰고 그린 『곰씨의 의자』를 읽은 날, 오래 묵혀둔 기억들이 수면 위로 떠올랐다. 햇살이 눈부신 날, 자기만의 의자에 앉아 시와 차를 즐기던 곰씨. 어느 날 탐험가 토끼와 무용수 토끼를 만나고 지친 그들에게 자기 의자를 내어주는 친절을 베푼다. 두 토끼는 결혼을 하고 곧 아이들을 낳는다. 아이가 하나둘 늘자 곰씨만의 의자는 모두의 의자가 되어 버린다. 토끼들은 매일 곰씨를 찾아왔고, 곰씨는 이제 전혀 즐겁지 않다. 무언가 말하고 싶지만 목구멍에 걸려 나오지 않는다. 하고픈 말을 꿀꺽 삼켜버리곤 상처 주지 않고 설득할 방법을 궁리하지만 소용없다. 급기야 벤치에 아무도 앉지 못하게 똥을 누는 곰씨, 그의 머리 위로 먹구름이 몰려오고 비가 쏟아진다.

> 말도 안 돼! 나보고 더 이상 어쩌란 말이야.
> 내가 얼마나 노력했는데.
> 난 세상에 다시없는 친절한 곰이라고.

잔뜩 찌푸린 얼굴로 하늘을 향해 울던 곰씨의 표정이 잊히지 않는다. 이후 커다란 울음과 함께 속마음을 꺼낸다. 이번에야말로 곰씨는 마음이 후련해졌을까?

커다란 용기가 필요해

결혼 2년 차, 어느 늦가을에 나도 불편함을 쏟아냈다. 절에서 준 달력을 차에 달지 않겠다고 버티다 어머님에게 혼이 난 것이다. 어머님은 대뜸 종교 이야기를 하시며 성당에 가지 말라고 하셨다. 독실한 불교 신자인 어머님이셨지만 결혼 전에도 며느리가 천주교인 걸 반대하지 않으셨는데 갑자기 그렇게 말씀하시니

어안이 벙벙했다. 내가 성당에 가면 나중에 손주들도 갈 텐데 손주들이 성당에 가는 건 용납 못 한다고 하셨다. 갑자기 울컥 화가 솟았다. 평소와 달리 단호하고 분명하게 의견을 말했다. 누구에게나 종교 선택의 자유가 있고, 존중받아야 한다고. 늘 순종적이던 며느리의 태도에 놀란 어머님은 말문을 잃으셨다.

"왜 그 말을 못 해? 그냥 해버리면 되지!" 누군가는 이렇게 말할지도 모르겠다. 하지만 나는 여전히 불편하다고 말하는 게 어렵다. 눈물을 쏟아 내며 조심스레 진심을 꺼낸 곰씨의 마음을 알 것 같다. 소중한 사람의 마음을 상하게 하지 않으려 지독히도 노력한 곰씨의 다정함이 내내 마음을 두드린다. 거제에서 경기도로 이사하며 우리 고부에겐 이제 적당한 거리가 생겼다. 자식을 위해 헌신적이셨던 어머님은 그 사랑을 손주들에게 쏟으신다. 매일 등교 전 혼자 있을 손주를 위해 전화를 거시고, 아픈 몸을 이끌고 직접 칼국수 면을 밀고 식혜를 끓이신다. 그런 어머님을 볼 때마다 그 시절, 좀더 다정하게 속마음을 털어놓았으면 좋았을 걸 회한이 인다. 그랬다면 우린 서로에게 상처를 덜 주었을까?

커다란 용기를 내야 했던 곰씨는
무척이나 피곤했습니다.

　나는 이제 불편함을 못 이겨 속마음을 말하고 싶을 때마다 곰씨를 떠올린다. 불편을 말하는 이야기들은 누군가에게 상처가 되어 오랫동안 마음에 남는다. 나이가 들수록 아이처럼 해맑게 "싫어요.", "불편해요."를 단정하여 말하기 두렵다. 곰씨처럼 친절하진 않지만, 나로 인해 상처받을 누군가를 외면할 정도로 매정하지도 않다. 작은 불편의 말들로 괴로운 날에 이 그림책을 펼친다. 괴로운 마음을 가눌 수 없어 눈물범벅이 된 곰씨를 떠올린다. 눈물을 쏟은 후 속마음을 하나씩 꺼내는 곰씨 곁에 다정한 얼굴로 귀 기울이는 토끼를 바라본다. '말할까, 말까?' 도저히 견딜 수 없어 말해야 한다면 머릿속을 맴도는 단어 중 뾰족한 말들을 다듬어 입속에 담아 둬야지. 곰씨처럼 말해야지. 아주 정중하게, 진심을 담아.

뿌듯함

1. 명사   기쁨이나 감격이 마음에 가득 차서 벅찬
마음

2. 정은어   포기하지 않고 꾸준히 노력한 후 작은
성공을 맛보았을 때 느끼는 마음

세상에 공짜는 없어

『대추 한 알』
장석주 글, 유리 그림

대추가 익는 동안

어릴 적 외할머니댁 대문 옆엔 커다란 대추나무가 있었다. 가을이면 적갈색으로 영근 대추를 대야 가득 담아 장에 팔러 가시던 모습이 떠오른다. 가을볕에 불그스레 익은 대추를 한 입 베어 물면 달콤한 과즙이 입안 가득 퍼져 나갔다. 나에게 대추는 언제나 대문 곁을 지키던 나무, 늦가을의 간식, 할머니의 커다란 대야의 기억을 소환하는 마중물이다. 달콤한 간식으로만 기억하는 대추를 한 시인과 작가는 조금은 다른 관점으로 재해석했다.

장석주 시인이 쓰고 유리 작가가 그린 『대추 한 알』을 읽을 때면 초록 들판을 뛰노는 아이가 된 것만 같다. 초록의 싱그러움이 가득한 봄날의 시골 마을, 아버지는 트랙터를 몰며 농사 준비로 분주하고, 그 곁을 지키는 커다란 대추나무도 꽃을 피우며 봄단장 중이다. 벌과 꽃이 가득한 풍경 한 귀퉁이에 적힌 시인의 문장이 의미심장하다.

저게 저절로 붉어질 리가 없다.

모내기가 한창인 논 기슭에 초록빛 대추 열매가 고개를 내밀었다. 땀을 흘리듯 물기를 머금은 열매 아래 흙길을 아이들이 뛰어논다. 아버지는 잡초를 솎아내느라 얼굴 가득 땀방울이 맺혔다. 멀리서 음식 바구니를 인 어머니와 아이들이 손을 흔든다.

시골에서 나고 자란 내게도 이런 풍경이 익숙하다. 힘든 노동을 견디다 막걸리 한 잔에 즐거워하시던 부모님과 이웃들. 그 곁에서 친구들과 동네를 쏘다니며 해 질 녘까지 놀이를 즐겼다. 부모님은 생계 걱정에 매일 일터에 가셨다. 지금과 비교하면 가진 것보다 부족한 게 훨씬 많던 시절이었다. 장난감과 키즈 카페도 없었지만 조금도 지루하지 않았다. 자연이라는 놀이터와 친구들이 있어 사소한 도구로 재밌는 놀이를 무궁무진하게 만들며 놀았다. 해가 뉘엿뉘엿 지고, 집마다 아이를 부르는 소리를 듣고서야 집으로 발걸음을 옮기던 날들. 추억이 비눗방울처럼 솟았다가 이내 흩어졌다.

하늘이 온통 검은 구름으로 뒤덮였다. 스산한 바람이 불며 잎들이 하나둘 바람에 날린다. 잔가지가 부러지고 빗줄기가 쏟아진다. 태풍이 몰아친다. 넓디넓은 논 한가운데 아버지가 고랑을 파며 태풍과 사투 중이다. 저만치 보이는 대추나무도 흙 속에 단단히 박힌 뿌리를 꽉 움켜쥐고 버티려 안간힘을 쓴다.

저 안에 태풍 몇 개
저 안에 천둥 몇 개
저 안에 벼락 몇 개

간밤의 폭우로 바닥에 떨어진 대추들 뒤로, 농부들이 쓰러진 벼를 일으켜 세우느라 분주하다. 태풍을 견딘 대추가 땡볕과 달빛을 받아 더욱 붉게 익어 간다. 빨갛게 익은 대추를 잔뜩 따서 나누어 먹는 가족의 얼굴 위로 환한 웃음이 가득하다. 시커멓고 주름지고 손톱 아래가 까매진 아버지가 빨갛게 익은 대추를 쥐고 있다. 거칠고 투박하나 고귀한 손, 흙을 닮은 손으로.

헛된 노력은 없어

"우와 엄마 싹이 났어!" 작년 봄 첫째가 학교에서 가져온 방울토마토(일명 방울이) 씨앗이 싹을 틔웠다.

겨우 싹 하나에 웬 호들갑이냐 코웃음 칠 수 있겠으나 식물 킬러인 내겐 흥분하고도 남을 일이었다. 매일 아침 일어나면 제일 먼저 방울이부터 살폈다. 아침마다 화분을 볕이 잘 드는 창가로 옮겨 주고, 흙이 마르면 조심스레 물도 뿌려 주며 관심과 애정을 듬뿍 쏟았다. 신기했다. 같은 모습일 것 같던 이 작은 식물이 조금씩 키가 자라고 잎이 무성해지더니 꽃잎을 떨군 자리에 드디어 열매를 맺었다. 나도 모르게 기쁨의 탄성이 흘러나왔다. 애씀이 보상받은 것 같아 행복했다.

방울이를 키운 자신감은 새로운 일에 도전할 때도 용기를 주었다. 쓰고 그리는 일상을 꿈꾸며, 낯선 여정을 시작하던 날에도 방울이를 떠올렸다. 정성을 기울여 화분을 돌본 경험처럼 좋아하는 일을 하려면 정성을 쏟을 시간이 필요했다. 육아와 맞벌이의 현실에서 어떻게든 틈을 만들어야 했다. 새벽을 활용하기 위해 수면 패턴을 바꾸었다. 매일 아침 졸음과 싸우고 굳어진 머리와도 다툰다. 힘들게 앉아도 텅 빈 컴퓨터 화면의 커서만 바라보다 노트북을 덮는 날이 부지기수다. 지치고 힘들어 포기하고 싶은 날들이 자꾸 찾아온다. 방울이를 키울 때처럼 단박에 마음에 드는 글을 쓴 날은 손에 꼽을 정도다. 끝이 보이지 않는 터널 한 가운데서 주저앉고 싶은 날, 할머니의 굽은 등을 떠올린다. 저 작은 대추 한 알조차도 거저 나고 자라지 않았음을 기억한다. 헛된 노력은 없다고 믿는다. 매일 쓰는 나날 속에 삶이 글이 되고, 글이 삶이 되는 순간을 꿈꾼다. 성실함으로 영글 나만의 대추 한 알을 소망한다.

사랑

1.명사	어떤 사람이나 존재를 몹시 아끼고
	귀중히 여기는 마음
2.정은어	상대가 원하는 것을 상대가 바라는 방식
	으로 아낌없이 주는 마음

진정한 사랑이 뭐야?

『새를 사랑한 새장 이야기』
로돌라 파파 글,
셀리아 쇼프레 그림

사랑, 사랑, 사랑

한창 곤충 채집에 빠진 둘째가 나비를 세 마리나 잡았다며 자랑했다. 신이 난 아이와 달리 채집통 속 나비는 달아나고 싶어 날개를 푸덕이다 곤두박질치기를 반복했다. 작은 생명이 안쓰러워 놓아주고 싶었지만, 아이가 소유권을 주장하며 거절했던 건 불과 하루 전의 일이었다. "엄마, 나비 죽었어? 꼼짝도 안 해." 아이가 바싹 말라 바닥에 누운 나비를 아리송한 표정으로 보며 물었다. 제 뜻이 우선이던 마음에 작은 균열이 일었던 걸까? 이젠 곤충을 잡아도 갖고 가자며 보채지 않는다. 갖고 싶을 텐데도 꾹 참는다. 어른인 나도 자주 이런 마음과 마주한다. 예쁘고 사랑스러운 것을 만날 때마다, 갖고 싶고 나만 볼 수 있는 공간에 옮기고 싶어 안달이 난다. 그저 좋아하고 사랑한다는 이유로.

좋아하는 마음이 자라 사랑으로 번지면 욕심이 생긴다. 곁에 두고 싶고, 소유하고 싶다. 나와 닮기를 바란다. 갇힌 사랑이 소리친다. 나 좀 내버려 두라고. 자유를 갈망하는 마음이 커지면 사랑은 배신과 미움을 품고 떠나간다. 로둘라 파파가 쓰고 셀리아 쇼프레가 그린

『새를 사랑한 새장 이야기』가 진정한 사랑이 무엇인지 묻는 오래된 질문을 끄집어냈다.

새장 하나가 있다. 여느 새장과 비슷해 보이지만 딱 하나 다른 점이 있다. 이 새장엔 새가 없는 것이다. 새가 없는 새장이라니, 슬픔에 빠진 새장은 직접 새를 찾아 나선다. 새들을 만날 때마다 다정하게 속삭인다. 새장 안에 머물면, 언제나 맑은 물과 먹이가 있어 배고프지 않고, 추위나 위험으로부터 지켜줄 거라며 유혹한다. 제비, 참새, 나이팅게일, 공작, 심지어 늙은 올빼미조차도 한목소리로 말한다. 새장에 갇히느니 배고픔과 추위, 위험을 택하겠다고. 새들이 바라는 건 오직 하나, 자유뿐이라며 거절한다.

문이 없어도 새장일까?

새장이 필요 없다는 대답에 실망한 새장. 터덜터덜 뒤돌아 걷는 그에게 늙은 올빼미가 조언한다. 이제 새장은 새에게 머물러 달라고 부탁하지 않는다. 문을 떼고 맛있는 곡식과 맑은 물을 채운 채 기다릴 뿐이다. 시간이 흐르자 점점 많은 새가 이 특별한 새장을 찾는다. 행복을 찾은 새장의 미소 위로 작가는 묻는다.

문이 없는 새장을 새장이라고 할 수 있나요?

새장은 새를 가두기 위해 존재한다. 이 명제대로면 문이 없는 새장은 당연히 새장이 아니다. 게다가 새장만 일방적으로 희생하다니, 받기만 하는 새들이 얄미워진다. 예전의 나라면 온전히 이해하지 못했을 감정을 결혼하고 엄마가 되고서야 알았다. 나의 방식에 상대를 끼워 맞출수록 사랑은 더 멀리 달아난다는 걸. 입이 닳도록 사랑한다고 표현하는 존재를 만난 뒤 이제는 나 자신이 '문이 없는 새장'이 되고 싶다. 자유로이 날 수 있도록 응원하고, 가끔 힘들 때 편히 쉴 수 있는 쉼터가 되고 싶다. 상대가 행복할 수 있으면 그것으로 충분히 기쁜 마음, 아무 보상도 바라지 않고 아낌없이 주고픈 마음이 자란다. 이 마음이 사랑이 아니면 무엇이란 말인가! 이제 문이 없는 새장을 새장이라고 부를 수 있냐는 물음에 나만의 답을 찾았다. 문이 없는 새장이야말로 진짜 새장이다.

설렘

1. 명사   마음이 가라앉지 아니하고 들떠서
          두근거리는 마음
2. 정은어   잿빛 세상이 알록달록 아름다운 빛깔로
          물들 때처럼 두근거리는 마음

....

다시 가슴이 두근두근

....

『색깔 손님』
안트예 담 글그림

봄날의 꽃잎처럼

"선배, 좋은 사람 소개해 주세요." 서른을 갓 넘겨 결혼하라는 압박이 밀려올 즈음, 첫 대학 동아리에서 만난 K선배를 졸랐다. K선배는 학사 편입으로 학교를 옮겼다고 했다. 가끔 선후배 모임에 참석해 겨우 안면만 익힌 사이였다. 술기운에 서로 의기투합해서 괜찮은 사람을 소개해 주기로 했다. 소개팅 날, 약속 장소에 갔더니 이게 웬일인가? 소개해 주겠다던 괜찮은 사람이 바로 자기라며 너스레를 떨었다. 어이가 없으면서도 웃음이 났다.

두근거리는 첫 데이트, 프러포즈를 받던 날도 심장이 제멋대로 널뛰었다. 낯설고 어색하지만 두려움과는 확연히 다른 달콤함이 밀려왔다. 무수한 처음의 순간마다 이런 감정과 마주했다. 그런데 지금은? 들뜬 마음을 진정하려고 애쓰던 모습은 온데간데없다. 일상은 평온하다 못해 나른하다. 호된 엄마 신고식을 치른 후, 안온한 일상에 안도하며 작은 호기심의 불씨조차 꺼져 버린 날에, 그림책 하나가 문을 두드렸다.

안트예 담이 쓰고 그린 『색깔 손님』 속 엘리제 할머니는 바로 나다. 누가 문을 두드리는 걸까? 겁이 많아 집 안에서만 지내던 할머니처럼 문을 꼭꼭 걸어 잠그고 두려움에 떨던 내가 조심조심 문을 연다. 전날 창 틈으로 날아든 종이비행기에 놀라 밤을 꼴딱 새운 할머니에게 남자아이가 찾아왔다. 비행기가 어디로 갔는지 묻는다. 허락 없이 들어와 집 안 곳곳을 누비며 질문을 쏟는다. 아가씨였던 사진 속 할머니에게 말을 걸고, 책장에 꽂힌 책을 읽어 달라며 조른다. 잿빛이던 집안 곳곳이 아이의 손길 덕에 본연의 색으로 빛나며 반짝인다. 어느새, 할머니의 뺨도 발그레 분홍빛으로 바뀌었다.

(   )에 진심입니다

엘리제 할머니 댁에 날아들어 색깔을 퍼뜨린 종이비행기처럼 어느 날 내 삶에도 그림책 세상이 날아들었다. 다른 이를 위해 읽어 주었던 책을 나를 위해 읽으며 그림책을 진심으로 좋아하는 마음 하나를 발견했다.

스물, 깜깜한 교실에 프로젝터 하나를 띄운다.『지각대장 존』의 한 장면이 벽면을 채우자 학생 하나가 큰 소리로 대사를 읽는다. 우스꽝스러운 장면과 실감 나는 목소리에 웃음소리가 교실 벽 너머까지 울려 퍼진다.

　서른, 갓난아이 곁에서 꾸벅거리다 책 떨어지는 소리에 놀라 깬다. 하드보드지로 만든『안녕, 달님!』이다. 곤히 잠든 아이 옆에 책을 베고 누워 단잠에 빠진다. 행복한 추억 속에 짝꿍처럼 다가온 그림책이 삶의 마디마다 말을 걸고, 아픈 마음에 빨간약을 발라준다. 아침 해가 뜨기 전 하늘, 빛이 내려앉아 깜빡거리다 사라지던 순간의 노을, 초록 들판과 낙엽들, 봄날의 꽃과 온통 새하얀 눈밭을 볼 때나 느끼던 감동을 그림책 속에서 발견한다. 행복하다.

　마흔, 예고도 없이 몰아친 불행에 울다 지쳐 주저앉았다.『빗방울이 후두둑』속 여자처럼 물폭탄을 맞았다. 우산대는 부러지고 빗길에 넘어졌지만 대수롭지 않게 천천히 걸어가는 여자를 빤히 바라본다. 무기력에 빠진 나를 일으켜 세운다. '올 테면 와 봐. 난 포기하지 않아.' 다짐하듯 속삭인다.

이제 겨우 그림책 한 페이지를 혼자 읽을 수 있게
된 아이처럼 신난다. 다음 페이지엔 어떤 장면이 펼쳐
질까 궁금하다. 아직 만나지 못한 그림책이 잔뜩 있다
니 절로 미소가 배어 나온다. 다시 생생해지는 시간,
새로이 만난 빛깔에 몸이 반응한다. 심장이 뛴다.

소심함

1. 명사   대담하지 못하고 조심성이 지나치게 많은
마음

2. 정은어   용기를 장전하는데 조금 더 시간이
필요한 마음

안녕, 작아진 마음아!

『나는 소심해요』
엘로디 페로탱 글그림

뜨겁지도 차갑지도 않은

냉정도 열정도 아닌 미지근한 상태. 열넷의 일기장 귀
퉁이에 꾹꾹 눌러쓴 글귀를 가만히 들여다본다. 그 시
절에도 소극적인 내가 싫었나 보다. 언제부턴가 자주
얼굴이 빨개졌다. 유아기에는 지나치게 대담하고 조
심성이 없어 걱정이었다는데 학교에 간 후로 성격이
변했단다. 집에서는 그나마 이야기를 많이 하는 편이
지만 학교에만 가면 조용하고, 소극적이며, 부끄럼 많
은 아이가 되었다. 말을 많이 하기보다 주로 듣는 편
이었고, 자신 있게 의견을 말하거나 발표하는 친구를
보면 놀랍고 부러웠다.

두려움과 부끄럼이 말을 막았다. 두렵다고 느끼니
목소리가 엉켰고, 부자연스러운 모습에 자존감은 바
닥을 쳤다. 서서히 말수가 줄었고, 듣는 게 익숙하고
편했다. 신기하게도 친구들은 이야기를 잘 들어주는
나를 좋아했다. 항상 두셋의 친구들이 곁에 있었고,
뚝배기처럼 오래도록 보글보글 끓는 관계가 지속되
었다. 하지만 친구들의 이야기를 들어주느라 정작 내
이야기는 거의 할 새가 없었고, 목구멍에 감기는 말들
을 자주 삼켰다. 참을 수 없는 날엔 아무 공책이나 꺼내 끼적였다. 그 시절에도 의견을 당당하게 말하지 못하는 내가 불만이었나 보다. 끼적인 문장 틈새에서 기억도 나지 않는 어린 시절의 꼬마 소녀가 너무 소심해서 답답하다며 나를 쏘아대는 듯했다.

소심함? 신중함?

뻔하지 않은 이야기를 좋아한다. 현실을 살짝 비튼 판타지와 고정 관념을 깨는 시선을 만나면 가슴이 두근거린다. 엘로디 페로탱이 쓴 『나는 소심해요』에는 나처럼 소심한 성격을 부끄럽게 여기며 속앓이를 하는 소녀가 등장한다. 자신만만한 사람들 사이에서 잔뜩 몸을 움츠린 채 자책을 쏟아 내는 모습이 예전의 나를 보는 듯하다. 소심함은 병이 아니라고 말해 주는 그림책이 있어 좋다. 소심함은 상대의 말을 경청하고, 깊이 생각하게 하며, 편안함을 주는 특별한 능력이라고 용기를 북돋아 준다.

있는 그대로의 나를 인정하고 사랑하게 돕는 그림책 덕분에 자신감이 한 칸 정도 상승했다. 그런데 무언가 개운치 않다. 당당히 나서지 못하는 순간에 "소심해서"라는 말을 뱉을 때마다 아쉬움이 남는다. 신중한 건 좋은데, 용기 없는 건 싫으니까.

소심함이라 쓰고, '용기를 장전하는데 조금 더 시간이 필요한 마음'이라고 쓴다. 어른이 된 내가 진정 바라는 건 겉으로 보이는 모습이 아니다. 남들 보기에 번듯하고, 안정적으로 보이는 방향으로 걸어가는 모습이 아니다. 소심해도 괜찮다. 가끔은 겁쟁이로 보여도 상관없다. 다만 잠시 주춤거려도 가고자 하는 방향을 놓치지 않고 기어이 그 길을 향해 걸어가는 사람이 되고 싶다. 소심함을 품고 있지만, 그게 내 전부라고 단정 짓지 않는다. 지금은 잠시 소심해진 상태일 뿐이며 언제라도 대범해질 수 있으면 된다. 알 수 없는 삶의 여정, 그 길에서 스스로를 믿는 단단한 마음 하나를 잃지 않으면, 그것으로 괜찮다.

수치심

1.명사   다른 사람들을 볼 낯이 없거나
           스스로 떳떳하지 못한 마음

2.정은어   양심에 구멍이 뚫린 듯 불의를 보고도
           모르는 척 외면하는 마음

부끄러운 어른은 싫어

『모르는 척』
우메다 슌사쿠 글,
우메다 요시코 그림

안 본 척, 모르는 척

"건물 뒤편으로 나와!" 대입 수능이 얼마 남지 않은 가을, 일진 아이들 몇 명이 K를 불렀다. 옆에는 O도 있었는데, 웅성거리던 교실의 소음을 뒤로 하고 밖으로 데려갔다. 교실로 돌아온 K는 한동안 말이 없다가 잠시 후 책상에 엎드려 엉엉 울었다. 그날부터 K에게 말을 거는 친구는 아무도 없었다. 모두 알았다. K를 감싸면 어떤 보복이 돌아올지. 뿔테 안경을 쓴 모범생이었던 K는 단짝이라 부를 만한 친구는 없었지만 자기 할 일을 알아서 하는 성실한 친구였다. 종종 질문이 많아 빨리 수업을 마치고 싶은 친구들의 원성을 사기도 했지만, 나쁜 뜻이 있는 건 아니었다. 1학기 내내 따돌림을 당했던 O를 감싸며 먼저 손 내민 이도 K였다.

그런데 2학기 들어 태도가 돌변한 O가 앞장서 K를 험담하며 따돌렸다. 이상했다. 도대체 무슨 이유로, 고마워도 모자랄 친구를 따돌리는지 O의 심리가 도저히 이해되지 않았다. K가 앉은 책상에 보란 듯이 종이 쓰레기를 던졌고, 들으란 듯 욕설을 내뱉었다. 나는 K가 안타까웠지만 용기가 없었기에 눈을 질끈 감았다. 모두가 나처럼 외면했다. 그 겨울, 교실을 피해

도서관에 앉아 공부하던 K의 뒷모습을 자주 보았다. 담임 선생님께 달려가 K의 억울함을 알리는 게 옳다는 목소리가 들렸지만 나 또한 비겁한 한 명일 뿐이었다.

우메다 슌사쿠가 쓰고 우메다 요시코가 그린 그림책 『모르는 척』에도 야라가세 패거리에게 사소한 일을 계기로 괴롭힘을 당하는 돈짱이 등장한다. 주인공인 '나'도 다른 아이들과 마찬가지로 모르는 척 방관한다. 이유 없이 모진 일을 당하는 돈짱이 불쌍하지만 말참견이라도 했다가는 보복당할 게 뻔하다. 강자 앞에서 약해지는 비겁한 자신이 미워진 날, 언짢은 기분이 차올라 지나가던 고양이를 해코지하다 근처에서 어묵을 파는 아저씨에게 들킨다. 아저씨는 주인공을 혼내는 대신 쓰레기를 치우도록 하고 어묵 한 접시를 주신다.

모두가 모르는 척하는 동안 돈짱을 향한 야라가세 패거리의 괴롭힘은 점점 더 심해진다. 학예회 역할을 가장해 폭력을 휘두르고, 도둑질을 시키고, 심지어 여학생 앞에서 바지를 벗긴다. 이후 돈짱은 학교에 나오지 않는다. 우리까지 당할까봐 모르는 척했다고 항변하는 아이들을 향한 아저씨의 꾸중이 뾰족한 바늘처럼 꽂혀 뜨끔했다.

> 보고도 모르는 척하는 건
> 그 애를 괴롭히게 도와주는 거나 마찬가지야.
> 여럿이서 한 아이를 아프게 하는 거라고.
> 그러고도 아무렇지도 않단 말이냐?

부끄러운 어른으로 자라

수능 시험 다음 날, 빨간 목도리를 칭칭 두른 K에게 시험은 잘 쳤는지 물었다. 실은 듣지 않아도 알 것 같았다. 뿔테 안경 속 흰자위가 새빨갰다. 시험을 망친 게 분명했다. 공부 잘하는 K라면 좋은 대학교에 충분히 들어가고도 남았을 텐데…. K는 재수를 해야 할 것 같다며 울 듯 말 듯 희미한 미소를 지었다. 슬퍼 보였다.

용감하지도, 하고 싶은 말을 잘하지도 못했지만 K를 떠올리면 자꾸 화가 난다. 이유 없이 누군가의 삶을 망가뜨리는 일진들과, 감싸 주었음에도 괴롭히는 O가 미웠다. K와 단짝은 아니었지만 앞뒤 자리에 앉은 인연으로 같이 밥을 먹고 수다를 떨며 입시를 견뎠다. 나는 단짝이 있다는 이유만으로 따돌림을 피했지만 누구든 마음만 먹으면 표적이 될 수 있었다. 우린 모두 지쳐 있었고, 예민했고, 긴 시간 불안을 껴안고 견뎠으니까. 누구든 화를 표출할 대상이 필요했는지도 모른다. 공부 좀 한다고 잘난 척하는 K가 마음에 안 들었던 걸까? K를 괴롭힌 일진들과 의리 없던 O를 향한 화는 억울한 상황에 놓인 친구를 돕지 않았던 내게 면죄부를 주려던 변명이었음을 고백한다. 시간이 지날수록 K를 괴롭힌 아이들보다 타인의 불행에 어쩔 수 없다며 아무 행동도 하지 않았던 자신이 더 부끄러웠다.

슬픔과 분노와 회한이 뒤섞여 나는 부끄러운 어른으로 자랐다. 해야 할 말을 참고, 불의에 눈감고, 어쩔 수 없다는 체념 아래 숨으며 자신을 정당화하는 어른. 그래서일까. 권력에 굴하지 않고 해야 할 말을 기어이 하는 사람이 좋다. 떨지 않고 당당히 아니라고 말할 수 있는 용기, 미움받더라도 숨지 않는 이야기가 좋다.

그림책 속 돈짱이 학예회 무대에 올라 야라가세와 정면으로 대항하던 장면이 오래도록 잊히지 않았다.

바짓가랑이를 움켜쥐고 놓아주지 않던 돈짱. 졸업식 연습날 그간 모르는 척했던 것을 털어놓고 돈짱에게 용서를 구하던 주인공의 용기가 긴긴밤 마음 한구석에 남는다. 더는 부끄러운 어른이 되지 말라고 속삭인다. 매일 그림책에게 배운다.

슬픔

1.명사   원통한 일을 겪거나 불쌍한 일을 보고
            마음이 아프고 괴로운 마음

2.정은어   송곳으로 찌르는 듯 고통스럽고 아픈 마음

마음에도 반창고가

필요해

『무릎 딱지』
샤를로트 문드리크 글,
올리비에 탈레크 그림

슬픔은 불청객처럼 불쑥 찾아와

"빨리 수술 안 했으면 죽을 뻔했대." 급성 충수염 수술 후 마취가 풀려 눈을 떴을 때, 젖은 눈을 한 남편이 울먹이며 말했다. 찌를 듯한 통증으로 몸을 일으키기조차 힘들었지만 다행히 아기는 살아 있었다. 그러나 안도는 오래가지 않았다. 통증으로 자궁 길이가 짧아져 금방이라도 아기가 나올 수 있는 위험한 상황이 이어졌다. 고강도의 자궁 수축 억제제를 맞고 한 달여의 시간을 버티며 아이를 지켜 달라고 매일 간절히 기도했다.

엄마가 오늘 아침에 죽었다.

샤를로트 문드리크가 쓰고 올리비에 탈레크가 그린 그림책 『무릎 딱지』의 첫 문장이다. 온통 붉은색으로 덮인 방 침대, 엄마를 잃고 멍하니 천장만 바라보며 누운 소년은 무슨 생각에 잠긴 걸까?

11월, 내 배 속 아이도 죽었다. 한 달 동안 너무 많은 눈물을 흘렸던 걸까? 아이가 내 몸에서 빠져나간 날, 이상하게 눈물이 나지 않았다. 그저 벽만 바라본 채 멍하니 앉아 있었다. 어지럽고 몽롱한 기분으로 휘청거리며 화장실로 향했다. 어떤 감각도 감정도 느껴지지 않았다. 믿을 수가 없었다. 현실이 아니기를 진심으로 바랐다. 엄마의 기억이 지워질까 두려워, 엄마 냄새와 목소리가 새어 나가지 않도록 모든 문을 잠근 아이가 꼭 나 같았다. 첫째와 달리 비교적 수월하게 와 주었지만, 울렁거림과 입덧이 심해 꼬박 한 달을 누워 지냈다. 아기를 지키기 위해 갓 돌을 넘긴 첫째를 친가에 보내던 날, 내심 바랐던 딸이라 기뻐한 순간들이 영화의 한 장면처럼 떠올랐다 흩어지기를 반복했다. 가끔 배를 문지르며 아이가 속에서 꼼지락거렸던 감각을 더듬었다. 그러면 조금은 덜 슬펐고, 함께 있는 것 같아 두근거렸다. 하지만 이내 아무 느낌이 없다는 걸 깨닫고 다시 깊은 물 속에 잠긴 듯 멍해졌다.

떠난 게 아니라 죽은 거야

나는 안다.

엄마가 어디로 떠난 게 아니라 죽었다는 것을.

아무리 에둘러 표현해도 어디로 떠난 게 아니라 죽은 거다. 급성 충수염 수술 후 실로 꿰맨 자국이 배꼽 옆에 선명하게 남았다. 그림책 속 소년처럼 무릎 딱지를 떼고 상처를 내진 않았지만, 거울에 비친 자국을 볼 때마다 원망 가득한 아이의 흐릿한 형체가 날카로운 송곳이 되어 가슴을 후벼 팠다.

불행은 내 것이 아니라는 믿음을 가졌나 보다. 인생이 원래 그런 것인 줄은 몰라서, 슬픔의 늪에서 어떻게 손발을 움직이고 헤어 나와야 할지 막막했다. 눈을 감으면 아이가 빠져나간 날의 감각이 되살아났다. 잡을 수도 되돌릴 수도 없는 안타까운 기억들이 고장 난 DVD 플레이어처럼 재생과 멈춤을 반복했다.

죽은 엄마를 기억하기 위해 무릎 딱지를 떼고 창문을 꽁꽁 닫은 소년에게 외할머니가 찾아온다. 오자마자 창문을 활짝 열어젖히는 할머니, '엄마 냄새'가 사라진다며 울음을 터뜨리는 손주에게 엄마는 네 가슴에 있고, 절대로 여길 떠나지 않는다고 말해 준다. 아이는 할머니를 통해 다시 일상을 살아가는 법을 배운다. 무릎을 들여다보니 딱지는 이제 사라지고 없다.

뜯지 않았더니 저절로 떨어져 나갔다. 소년은 더는 아픔을 만들지 않고, 슬픔도 조금씩 아물어 간다.

슬프면 울어도 괜찮아

기억을 더듬어 보면 남편과 나에게도 아이의 할머니 같은 존재가 있었다. 일상을 버티기 위해 이제 괜찮다는 표정의 가면을 쓴 나의 눈속임은 늘 첫째에게 들켰다. 그 겨울 유난히 엄마 곁에 머물며 재롱을 피우던 아이의 모습이 떠오른다. "엄마, 슬퍼요?", "엄마, 웃어봐요." 가면을 단박에 알아보는 아이의 말에 자꾸만 눈물 댐이 툭 하고 터졌다. 웃고 있어도 사실은 울고 싶다는 걸 알았나 보다. 가둬 두었던 감정들이 봇물처럼 쏟아졌고, 슬픔으로 꽉 찼던 마음이 다른 감정들로 채워졌다. 어느 날 진심으로 웃는 나를 발견했다. 여전히 슬픔은 마음 깊은 곳에 잠들어 불쑥불쑥 눈물을 만들었지만, 자책과 슬픔뿐이던 마음 한편에 위로, 공감, 사랑 같은 따스함이 스며들었다. 그 덕에 조금은 수월하게 아픈 날들을 회상할 수 있었다.

누군가 내게 가장 행복한 순간이 언제냐고 묻는다

면, 아이처럼 울었던 날들이라고 말하겠다. 깊은 슬픔
의 바다에 빠져 눈물조차 나지 않아 숨 막히던 날들,
엄마의 마음을 알아채 준 아이의 말이 나를 위로한다.

"엄마, 슬퍼요?"
"슬프면 울어도 괜찮아요."

시기심

1.명사　　　남이 잘되는 것을 샘하고 미워하는 마음.

2.정은어　　상대와 비교할 때 나타나며 뾰족한
　　　　　　창끝으로 찌르는 듯 불편한 마음.

. . . .

뾰족하게 솟은

넌 누구?

『알렉산더와 장난감 쥐』
레오 리오니 글그림

나눠 갖고 싶지 않아

첫째가 입을 삐죽거리며 달려와 안긴다. 귓속말로 비밀스럽게 속삭인다. "엄마, 동생 같은 건 없으면 좋겠어!" 동생이 먼저 시비를 걸었는데 자기만 혼나서 억울하단다.

오랜 기억 저편, 나와 닮은 동생을 밀치고 뛰쳐나가던 나. 어릴 적부터 똑똑했던 동생은 부모님의 자랑이었다. 내겐 공부하란 말을 한 번도 안 하셨지만, "공부머리는 없지."라고 하시며 머리가 나쁘다는 말을 둘러 말했다. 심술이 나서 동생을 몰래 떼놓고 놀러 간 적도 있다. 심부름도 자주 시켰고, 뾰족한 말로 괴롭히기도 했다. 공부 외엔 지고 싶지 않았다. 최초의 질투, 부모의 사랑을 나눠 갖기 싫었다.

"정은아, 네 동생 오늘도 저기 있네." 세 살 터울이던 동생은 매일같이 학교 운동장 구석에서 나를 기다렸다. 같이 집에 가자며 소꿉친구가 졸라도 끄떡없었다. 수업을 마친 후 동생 손을 잡고 논둑길을 돌아 집으로 돌아갔다. 그 시절엔 친구들 눈에 띄는 게 부끄러워 제발 집에 가라며 투덜거렸는데 그때마다 동생은 배시시 웃기만 했다. 착해도 너무 착했다. 화를 내면 미소를 지었고, 엄마보다 더 나를 따랐다. 세상에 이렇게 착한 동생이라니! 괴롭힐 맛이 안 났다.

최초의 질투는 동생이었지만, 이후 만나는 수많은 관계에서 부러움과 시기심을 느꼈다. 언제나 내가 잘하거나, 잘하고 싶은 일을 나보다 더 잘하는 사람이 나타났다. 비교하는 마음이 자라 걷잡을 수 없는 날엔 처방전을 찾는 심정으로 책장을 더듬는다. 이번에도 한 권의 그림책 위에 손가락이 멈춘다. 찾았다! 레오 리오니가 쓰고 그린 『알렉산더와 장난감 쥐』, 바로 너다.

뾰족한 마음이 잦아들기를

"으악! 쥐다!" 쥐들이 음식 부스러기를 찾아 밖으로 나오자 사람들은 비명을 지르며 빗자루를 들고 쫓아온다. 주방에 쥐가 나타나면 나도 비슷한 반응을 보이겠지. 알렉산더는 모두가 자신을 안 좋아해서 슬프다. 어느 날 주인집 딸 애니의 방에서 장난감 쥐 윌리를 만나고 친구가 된다. 윌리는 누군가 태엽을 감아 주어야만 움직일 수 있지만 모두가 자신을 사랑하니 상관없다고 말한다. 알렉산더는 윌리가 부럽다. 장난감 쥐가 되어 모두의 사랑을 받는 존재가 되고 싶다. 급기야 무슨 소원이든 들어준다는 마법사 도마뱀을 찾아가고 소원을 이루기 위해 필요한 '보라색 조약돌'을 구하러 나선다.

알렉산더는 날이면 날마다 정원을 뒤지지만 보라색 조약돌은 어디에도 없다. 지치고 배고파 집으로 돌아왔는데 식료품 저장실 한구석에 못 보던 상자가 있다. 생일에 새 장난감을 잔뜩 선물 받은 애니가 낡은 장난감들을 버린 것이다. 그리고 윌리도 함께 버려질 위기에 놓인다. 윌리의 처지에 슬퍼하던 알렉산더는 상자 옆에서 반짝이는 보라색 조약돌을 발견하고 도마뱀에게 달려간다. 주인공 알렉산더는 무슨 소원을 빌었을까? 나라면 어떡했을지 상상하다 알렉산더의 선택에 화들짝 놀란다. 알렉산더는 '사랑받는' 존재이길 포기하고 윌리를 위해 소원을 쓴다.

감정에 관한 에세이를 쓰는 동안 유독 시기심만은 나만의 답을 찾기가 어려웠다. 여러 서적을 뒤적여도

답이 또렷이 떠오르지 않았고 이 감정을 있는 그대로 이해하고 받아들이는 게 힘겨웠다. 때때로 불쑥 솟아나는 이 마음을 어떻게 정의할 수 있을까? 가끔은 글보다 이미지가 무언가를 이해하는데 더 쉬울 때가 있다. 감정을 모양과 색, 냄새와 촉감을 지닌 생물로 상상해 보았다. 뾰족한 창을 든 시기심이 마음을 쑥대밭으로 만드는 장면이 떠올랐다. 그 이미지를 담고 감정을 사유한 에세이 속 문장을 읽으니 시기심이 무엇인지 조금은 알 것 같았다.

우리는 언제나 두 가지 입장에 놓인다. 시기하거나 시기를 당하거나! 어느 쪽이든 괴롭다. 서로의 삶을 비교하며 쪼그라들고, 상황에 따라 자신을 바꾸며 진짜 자신의 가치를 깨닫지 못한다. 나의 고유함과 내면의 소리에 귀 기울이기보다 타인의 목소리에 휘둘리고 세상의 잣대로 스스로를 평가한다. 시기심을 사유하며 일상 속 대화의 순간들을 한 발짝 물러서 바라보게 되었다. 타인을 험담하는 말들과 그 말에 동조하는 순간마다 '왜?' 라는 물음이 꼬리에 꼬리를 물었다. 갖고 싶지만 가질 수 없는 것들을 시기할 때 사람이 얼마나 악의를 품을 수 있는지, 그럼에도 그것이 얼마나 인간적인 마음인지 깨닫게 되었다.

    남들과 같아서, 약하고 흔들리는 존재라서 가끔은 안심될 때가 있다. 한편으로는 훌륭한 사람이진 못해도 내가 추구하는 중요한 가치만은 지키며 살고 싶다는 생각이 든다. 모순된 두 마음이 부딪힌다. 부러워하는 마음을 멈출 수는 없다. 하지만 누군가를 향한 시기심이 자라서 악의를 품고 그 사람을 미워하거나, 시기심을 피하려다 진심과 다른 말과 행동으로 나를 속이진 않겠다고 다짐한다. 부러움이 창을 뽑아 들 땐 다른 존재가 되는 것을 포기하고 있는 그대로의 자신을 사랑한 알렉산더를 기억할 것이다. 마침내 살아 숨 쉬는 두 쥐가 즐거이 춤추던 장면을 흐뭇하게 바라보며, 뾰족한 마음이 잦아들기를 기다릴 것이다.

신남

1.명사   어떤 일에 흥미나 열성이 생겨 기분이
                매우 좋아진 마음
2.정은어   의무나 책임을 넘어 그 일이나 상황 자체
                를 충분히 즐기는 마음

너의 계절을 즐겨

『수박 수영장』
안녕달 글그림

나의 계절을 묻다

"엄마는 몇 살이야?"

"글쎄… 몇 살이었더라?"

첫째의 갑작스러운 질문에 순간 나이가 생각나지 않았다. 마흔이 넘어서는 나이조차 잊고 살았나 보다. 결혼을 늦게 한 건 아닌데 난임으로 또래보다 늦은 나이에 아이를 낳았다. 임신의 과정만큼 출산도 험난했다. 어린 남자아이 둘을 키우는 일상은 전쟁통이 따로 없었다. 나이를 묻는 아이의 물음에 몇 가닥 생각들이 빼꼼 고개를 디밀었다. 난 언제쯤 엄마라는 역할에 익숙해질까? 죽을 만큼 힘들지만 죽어도 좋을 만큼 사랑스러운 아이들을 바라보며 나의 계절은 언제쯤인지 궁금했다.

마음이 푸근해지고 싶을 때마다 안녕달 작가의 그림책을 펼친다. 특히, 『수박 수영장』을 읽노라면 당장이라도 차가운 수영장에 풍덩 빠져 수영을 즐기고 싶다. 무더운 여름, 시원한 수박 한 입 베어 무는 상상만으로도 마음이 간질간질한데, 수박 수영장이라니! 그림책은 잘 익은 수박이 반으로 '쩍' 갈라지는 장면으로 시작한다. 빨간 속살을 드러낸 수박 위로 달랑 팬티 한 장 걸친 할아버지가 사다리를 놓는다. 드디어 수박 수영장 개장 시간이다. 수박씨 한 알을 건져 올려 그 위에 몸을 누이고 반신욕을 즐기는 할아버지의 모습에 입꼬리가 올라간다. 초록으로 가득한 농촌 마을, 농사일에 분주한 어르신들도 옆 동네 코코넛 수영장이 개장했으니 수박 수영장도 개장했을지 궁금해하며 들떠 있다. 어르신들 사이로 노란 튜브 하나가 달려간다. 뒤이어 동네 꼬마들이 줄지어 따라온다. 꼬마들은 수박 위를 걷거나 다이빙하며 저마다의 방법으로 수박 수영장을 즐긴다. 뜨거운 햇볕에 살이 탈 지경이 되면 구세주처럼 구름 장수가 나타나 구름 양산과 먹구름 샤워를 나누어 준다. 수박 껍질 미끄럼틀을 즐기는 사이 어느덧 해가 뉘엿뉘엿 진다. 모두가 떠난 수영장, 살포시 내려앉은 낙엽 한 장이 올해 수박 수영장의 폐장을 알린다.

나의 '여름'

남쪽 지방에서 나고 자라 바다는 지겹게 보았다. 물을 무서워해 수영을 즐기지는 않았지만, 여름이면 가까운 해수욕장으로 달려가 출렁이는 파도에 발을 담그고 드넓은 수평선을 바라보았다. 여름을 생각하면 20대가 떠오른다. 최고의 생명력과 아름다움이 피어나던 시기였다. 부모라는 울타리를 벗어나 사회에 첫발을 내디딘 풋풋하고 싱그럽던 시절의 추억이 생생하다. 단짠의 연속, 귀한 줄도 모른 채 흘려보낸 젊음의 시간이 그립다.

아이를 만난 계절

출산과 동시에 여름을 건너 다른 계절을 맞았다. 미혼일 때는 세상이 나를 중심으로 움직였지만, 결혼을 하고 엄마가 되자 나의 우주는 콩알만큼 작아졌다. 아이가 건강하게 자라도록 돕는 일이 나를 돌보는 일보다 더 중요했고 당연했다. 아니 당연하다고 믿었다. 육아휴직을 한 어느 날, 아이 둘을 데리고 산책하는데 할머니 한 분이 다급한 목소리로 "아줌마!"하고 부르셨다. 기저귀 가방이 하마처럼 입을 벌리는 바람에 물건들이 쏟아져 길바닥에 나뒹굴었다. 앞서 달려가려는 둘째 손을 움켜잡고 허둥지둥 물건들을 주워 담았다. 얼굴은 화끈거렸고 '아줌마'란 단어가 귓전에 맴

돌았다. 집에 돌아와 거울을 보았다. "그래, 나 아줌마였지."라는 목소리가 바람 빠진 풍선처럼 흘러나왔다. 부스스한 머리, 무릎 나온 레깅스, 카디건을 대충 걸친 아줌마 한 명이 거울 건너편에서 나를 물끄러미 바라보고 있었다. 눈앞이 흐려졌던 날의 기억, 지금은 아린 추억으로 남은 날들. 그날들이 내 우주도 소중하다고 속삭였다.

마흔, 따로 또 같이

아이들이 어릴 때는 '여름'만 좋은 줄 알았다. 그런데 좋아하는 일을 하며 즐겁게 삶을 짓는 분들의 이야기를 책 속에서 만나며 나이 듦을 다른 시선으로 바라보게 되었다. 이제는 한 사람의 인생이 계절의 순환처럼 멈추지 않고 저마다 고유한 빛깔을 뽐내며 이어진다는 게 기쁘고 감사하다. 내 멋대로 『수박 수영장』의 마지막 장면을 이어 그린다. 단풍 수영장, 눈 수영장 등 계절마다 독특한 수영장을 개장하고 느긋하게 자신의 계절을 즐기는 할머니를 상상한다. 그 할머니가 바로 나이기를 간절히 바란다.

안타까움

1.명사   일이 뜻대로 안 되어 애가 타고 답답한
          마음이나 느낌

2.정은어   뜻밖의 슬픈 소식에 심장이 멎을 듯
          먹먹한 마음

인생은 오늘이야!

『인생은 지금』
다비드 칼리 글,
세실리아 페리 그림

'언젠가'라는 거짓말

"J가 죽었대." J는 호주에 이민 간 남편의 둘도 없는 벗이다. 몇 해 전 부인과 두 아이를 데리고 잠시 한국을 방문했을 때도 에너지 넘치고 혈기왕성했던 모습이 인상적이었다. 순간 농담인가 싶어 고개를 갸웃하다 남편을 보았다. 넋이 나간 듯 멍한 표정이었다. "갑자기 뇌출혈로 쓰러졌대. 골든타임을 놓쳐 뇌사 상태였는데, 결국…." 말끝을 흐리는 남편의 눈가가 금세 빨개졌다. 딱 한 번 만났지만, 대학 시절 추억 이야기에 빠짐없이 등장한 벗이었다. 관계에 깐깐하고 칭찬에 인색한 그가 '사람 잘 챙기고', '성격 좋은 친구'라며 틈만 나면 자랑을 했다. 마흔 중반, 아내와 아직 보살핌이 필요한 남매를 두고 떠난 친구의 죽음은 생에만 골몰했던 우리의 삶에 작은 파동을 일으켰다.

헛헛한 마음을 달랠 길 없던 남편은 주말에만 마시던 술잔을 평일 저녁에도 기울였다. "산다는 게 뭘까?"라는 두루뭉술한 질문을 보란 듯 비웃던 그였다. 먹고 살기도 바쁜데 한심하다며 쏘아대던 레이저같은 눈빛은 온데간데없었다. 언젠가 직장을 그만두면

하자던, '언젠가'로 시작해 '언젠가'로 끝났던 대화가 미세하게 방향을 틀기 시작했다. 지금 말고, 돈을 많이 모으면, 바쁜 일들이 끝나면, 아이가 자라면…. 언젠가 하고 싶다며 밀쳐 둔 일들을 하나씩 우리 곁으로 데려왔다.

아마 그즈음이었던 것 같다. '언젠가'를 거짓말 같은 단어라 생각한 건. '언젠가' 대신 '지금'을 데려와야 한다는 갈망이 내 안에서 몸집을 키우며 자랐다. 한동안 남편도 건강을 최우선으로 두었고, 해야만 하는 일보다 하고 싶은 일들을 살피기 시작했다. 단박에 생이 안녕을 고해도 아쉬움 없이 담백하게 인사하고 떠나려면 어떻게 살아야 하는지, 실처럼 엉킨 물음표가 머릿속을 헤집었다.

바로 지금이라고!

앞만 보고 달리다 브레이크가 걸린 듯 망연자실 멈춰선 날에는 다비드 칼리가 쓰고 세실리아 페리가 그린 『인생은 지금』 속 노부부를 만나러 그림책을 펼친다. 드디어 은퇴를 맞은 노부부, 이제 자유라며 들뜬 남

자와 움츠린 몸짓으로 침울한 듯 조용한 여자의 모습
이 대조적이다. 남자는 당장이라도 무엇이든 할 태세
다. 여행을 가거나 외국어나 악기를 배워도 좋고, 옛날
처럼 호수로 밤낚시를 가자며 조른다. 반면 여자는 시
큰둥하다. 지금 말고 나중에, 오늘 말고 내일, 당장 해
야 할 일들이 있다며 거절한다. 답답해진 남자가 소리
친다.

왜 자꾸 내일이래? 인생은 오늘이야.

나라면 어땠을까? 남편에게 비슷한 말을 건네면
"갑자기 왜 그래? 애들 자라면…"같은 반응이 튀어나
올 게 뻔했다. 은퇴하면 달라질까? 그땐 자유로울 테
니 흔쾌히 받아들일까? 머뭇거리며 '내일', '나중에'를
연발하던 여자의 모습이 문득 우리 부부의 미래일까
두려웠다. 인생은 강물처럼 흐른다. 그리고 시든 꽃처
럼 빛도 향기도 사그라들 날이 올 것이다. 뜻밖의 사
고, 예상치 못한 불행을 만나고서야 죽음이 그림자처
럼 생과 나란히 걷고 있음을 깨닫는다. 눈앞에 쌓인
설거지를 해치우듯 내일을 담보로 오늘을 흘려보낼
수는 없다던 남자의 말에 고개를 끄덕인다. 당장 여행

을 떠나는 치기를 부리진 못해도 오늘의 작은 행복을
미루진 말아야지. 지금 이 순간을 살아야지. 문신처럼
남자의 말을 새긴다.

인생은 지금이라니까.

열등감

1.명사   자기를 남보다 못하거나 무가치한
인간으로 낮추어 평가하는 감정

2.정은어   내가 가진 커다란 냄비가 한없이
초라하고 작게 여겨지는 마음

부족하면 어때?

넌 잘하고 있어

『아나톨의 작은 냄비』
이자벨 카리에 글그림

조금씩 마음이 작아져

나는 매일 아이들을 만난다. 그들은 몸보다, 보이지 않는 마음의 병으로 자주 아팠다. 사람들은 다름을 차이가 아닌 부족함으로 보았고 아이들도 그 시선을 금방 알아챘다. 자존감만큼 마음과 용기도 작아져 아주 낮은 장애물조차 버거워 했다. "선생님, 못하겠어요. 너무 어려워요." 두려움으로 잔뜩 움츠린 채 같은 자리를 빙빙 돌다 멈추기를 반복했다. 마음의 문을 닫아버린 아이의 손을 잡고 세상 속으로 이끄는 일은 언제나 큰 숙제였다.

이자벨 카리에가 쓰고 그린 『아나톨의 작은 냄비』속 아나톨은 내가 가르치는 학생들을 닮았다. 어느 날 갑자기 아나톨의 머리 위로 냄비가 떨어진다. 냄비를 갖게 된 아나톨은 더이상 평범한 아이가 아니다. 사람들은 아나톨이 잘하는 것보다 냄비에 더 주목한다. 냄비는 아나톨이 앞으로 나아가려 할 때마다 걸림돌이 된다.

사람들은 잘 몰라요.

아나톨이 평범한 아이가 되려면

남들보다 두 배나 더 노력해야 한다는 걸요.

아나톨은 생각대로 되지 않자 화를 내고 소리를 지르고, 욕설을 내뱉거나 친구를 때린다. 마음이 작아진 아나톨은 냄비를 덮어쓴 채 숨어 버린다. 오랫동안 사람들은 아나톨을 잊었고 아무도 말을 걸지 않는다. 숨어 버린 아나톨처럼 내가 만난 아이들도 그랬다. 자신뿐 아니라 어느 누구도 믿지 못했다. 피가 날 정도로 손톱을 뜯거나 분노로 가득 차 욕설과 폭력을 행사하거나 커터칼로 그은 손목을 보여 주며 자기를 봐 달라고 소리쳤다. 어둠 속에 웅크린 상처받은 마음을 어떻게 위로해 주어야 할지 막막하기만 했다.

아나톨은 아나톨일 뿐

다행히 아나톨은 자신처럼 평범하지 않은 사람을 만나 냄비를 벗는다. 그 사람은 아나톨이 냄비를 가지고 살아가는 법을 알려 주고, 얼마나 재능이 많은 아이인지 일깨워 준다. 아나톨은 다시 예전의 명랑함을 되찾았다. 그 사람이 냄비를 넣을 수 있는 가방도 만들어

주어 더는 냄비를 끌고 다니지 않는다. 냄비는 여전히 달그락거리지만 이제 잘 보이지 않고, 어디에도 걸리지 않는다. 친구들과도 마음껏 뛰놀고 칭찬도 곧잘 받는다.

하지만……
아나톨은 예전과 똑같은 아나톨이랍니다.

작가인 이자벨 카리에도 다운 증후군을 가진 아이의 엄마다. 누구보다 치열하게 육아의 시간을 통과했을 그녀가 이토록 담백하고 편안한 책을 펴내다니 놀랍기만 하다. 단순한 그림과 담담한 문장을 읽다 보면 그림과 문장의 빈 틈새로 작가가 두런두런 말을 건네는 듯하다. 비단 냄비가 장애뿐일까? 작가는 말한다. 모양도 크기도 다르지만 사람들은 모두 자신만의 냄비를 지녔을지도 모른다고. 그 냄비는 크게 눈에 띄지 않을 뿐 끊임없이 달그락거리며 우리 자신을 괴롭힌다고.

냄비 속에 담긴 약점이 풍선처럼 부풀어 감당하기 힘든 날, 있는 그대로의 나를 인정해 주고, 결점마저 사랑해주는 단 한 명의 존재만으로도 작아진 마음을 일으키기 충분하다는 걸 이제 안다. 슬프고 억울한 마음을 털어놓았을 때 "넌 충분히 괜찮은 사람이야. 난 네가 좋아. 너를 믿어."라는 말을 듣고 나면 골이 나 뾰족해진 마음의 응어리가 스르르 풀린다. 아나톨이 특별한 사람을 만나 냄비를 가지고 사는 법을 배웠듯 나 또한 학생들과 아이들에게 특별한 존재가 되고 싶다. 평범해지기 위해 남들보다 수십 배의 노력을 쏟은 수많은 아나톨을 칭찬하며 아이들 스스로 평범함을 넘어 비범함 사람임을 알게 해 주고 싶다. 아이들이 자신의 엄청난 재능을 다 발휘할 수 있도록 돕는, 그런 선생님이 되고 싶다.

외로움

1.명사   홀로 되어 쓸쓸한 마음이나 느낌
2.정은어   무인도에 홀로 던져진 것처럼 두렵고
           휑한 마음

커다란 손가락으로는

넘길 수 없어

『이 작은 책을 펼쳐 봐』
제시 클라우스마이어 글,
이수지 그림

안녕?! 807호

고요한 병실, 정적을 뚫고 요란한 카트 소리가 들린다. 간호사가 들어와 커튼을 젖힌다. "산모님…"하고 부르는 소리에 대답하려는데 돌부리에 걸린 듯 둔탁한 목소리가 튀어나온다. 조산의 경험이 있어도 임신 유지에 어려움이 없다던 의사 선생님의 조언은 내게는 해당 사항이 없었다. 2016년 11월, 둘째 봄이 임신 21주에 들어서던 날, 갑자기 자궁 경부가 짧아져 병원을 찾았다. 다행히 약물 처치를 통해 제자리를 찾았지만, 투여를 중단하면 또다시 경부가 짧아졌다. 기나긴 입원 생활이 시작되었다.

807호, 산모들이 모인 병실은 밤처럼 어둡고 조용했다. 가끔 의사, 간호사, 방문객이 오거나 식사 시간에만 불이 켜지고 속삭이는 소리가 들렸다. 마치 외딴섬의 감옥에 갇힌 듯 묘했다. 아이가 내려올지도 모른다는 두려움과 원인 모를 진통에 불안한 산모들은 종일 누워 있었고 예민했다. 먹고 자고 핸드폰을 보고 전화와 방문을 기다리는 일상이 이어졌다. 처음 일주일은 견딜 만했다. 일주일이 이주일이 되고, 한 달이다 되어 가니 미칠 노릇이었다. 두 평 남짓 커튼으로 둘러싸인 공간에서 그렇게 두 달여를 보냈다. 아무 데도 갈 수 없고 대화마저 끊긴 날들, 가족과 지인의 방문만 손꼽아 기다렸다.

두 달이 지난 어느 날, 주치의 선생님도 답답하셨는지 "커튼 좀 치고 지내요. 힘들지 않아요?"라고 하며 커튼을 훅 걷어 내셨다. 모두 같은 마음이었나 보다. 겨우 커튼 하나 걷었을 뿐인데 일상은 180도 달라졌다. 사람들과 쑥스럽게 인사를 나누었고 아침이면 밤새 몸은 어땠는지 안부를 물으며 하루를 시작했다. 맛있는 음식을 나누어 먹고 재밌는 프로를 보며 깔깔댔다. 커튼 하나 걷었을 뿐인데 감옥처럼 갑갑했던 공간이 환해졌다. 더는 외롭지 않았다. 지난 시간을 왜 그렇게 보냈는지 그제야 후회했다. 진작 걷을걸. 커져만 가는 배와 불쑥 찾아오는 진통에 여전히 불안했지만 밤늦도록 수다 꽃을 피우며 내일의 불안을 잠재웠다. 매일 소소한 행복이 찾아들었다.

커다란 손가락으로 페이지를 넘기는 법

807호의 날들을 떠올리면 괜스레 눈물이 차오른다. 태어나서 처음 고립된 공간에서 오롯이 홀로 두 달을 보냈다. 외롭지 않았다면 거짓말일 것이다. 외로웠지만 아주 외롭기만 한 것은 아니었다. 모순된 감정, 함께 있어도 외로운 순간이 있다. 조산 후 잠들지 못했던 밤, 천연덕스럽게 자는 남편이 서운해 돌아누우면 우리 사이에 외로움이란 녀석도 함께 누웠다. '어차피 타인을 이해하는 건 불가능해. 각자 살아가는 거야.'라는 원망이 스멀스멀 고개를 들었다. 그 시절의 나는 제시 클라우스마이어가 쓰고, 이수지가 그린 『이 작은 책을 펼쳐 봐』속 거인을 닮았다. 슬픔, 원망, 자책이 거인처럼 커졌다. 아무리 애써도 다음 장을 넘길 수 없었다.

첫 페이지를 넘기면 "펼쳐 봐⋯"란 글귀 오른쪽에 "조그만 빨간 그림책"이라 적힌 무당벌레 무늬의 빨간 표지가 나온다. 무슨 책인지 궁금해 다음 장을 넘기면 무당벌레가 티타임을 즐기며 초록 그림책을 읽을 참이다. "무당벌레가 보는 책은⋯"이란 문구 오른

쪽엔 연잎 무늬 초록 그림책이 있다. 무당벌레가 읽는 건 개구리 그림책! 독자의 몸집이 커질수록 그림책 속 책은 마트료시카 인형처럼 점점 작아지는 구조가 신선하다. 토끼, 곰에 이어 드디어 거인 이야기에 닿았다. 거인은 '조그만 무지갯빛 그림책'이 읽고 싶지만 엄청나게 큰 손가락 때문에 넘길 수가 없다. 거인이 부탁한다. 대신 책을 좀 펼쳐 달라고.

나의 외로움은 이 조그만 책을 닮았다. 감정이 몸집을 키울수록 다른 이의 이야기를 펼쳐 볼 여유 같은 건 없었다. 외로움이 나를 집어삼켜 도저히 다음 장을 넘기기 힘들던 날에 807호의 인연들을 만났다. 누구나 아픈 이야기 하나쯤은 품고 산다는 게 위로가 되었고, 함께 응원하며 견디는 끈끈한 마음이 행복을 안겨 주었다. 거인의 손바닥 위에서 서로의 이야기를 읽어 주던 동물들이 807호의 우리와 닮았다. 하나둘 퇴원하며 무사히 아이를 낳았고 지금도 건강하게 자라고 있다. 병실에서의 인연은 두 돌까지 이어져 서로의 집을 방문하고 매일같이 육아의 일상을 나누었다. 든든한 육아 동지들 덕분에 첫째 아이보다 비교적 수월하게 둘째를 돌보았다.

타인의 이야기가 조금도 궁금하지 않았던 시절을 지나서일까? 이제는 내 곁에 머무는 사람들의 고유한 이야기에 마음이 끌린다. 다 다른 별에서 온 타인을 온전히 이해하진 못해도 그들의 이야기 속으로 걸어 들어가 가만히 들어줄 만큼 마음이 자랐다. 아마도 그건 외로웠던 날에 무지갯빛 그림책을 펼쳐 준 다정한 손들 덕분이다. 혼자보다 함께일 때 더 아름답게 지어 질 그림책, 바로 너와 나의 이야기. 끝내 닿을 수 없지만 각자의 자리에서 아름답게 빛나던 추억을 떠올리면 마음이 좋다. 끝없이 이어지는 이야기, '완성'이란 행성에 닿지 못해 더 아름다운 '무지갯빛 이야기'….

용감함

1.명사　　　용기가 있으며 씩씩하고 기운찬 마음
2.정은어　　모순과 편견에 당당히 제 목소리를
　　　　　　내는 마음

세상의 변화는 나부터

『오, 미자!』
박숲 글그림

엄마에겐 딸이 있어야 한다는 말

첫 아이를 임신했을 때 뱃속 아이가 딸이길 바랐다. 같은 성별이라면 자라서도 엄마 마음을 더 잘 이해하리라는 막연한 기대 때문이었다. 하지만 바람과는 달리 첫째도, 둘째도 아들이었다. 두 아이를 데리고 엘리베이터를 탈 때마다 "엄마는 딸이 있어야 하는데…, 딸을 낳아야 해."라며 안쓰러운 눈빛 레이저를 쏘시는 할머님이 계셨다. 처음에는 의례적인 말이겠거니 웃어 넘겼는데, 매번 똑같은 이야기를 하시니 듣기 거북했다. 예전 우리네 부모님은 또 딸이라며 속상했다는데, 이제는 아들을 낳았다며 한숨 짓는다. 무엇 때문에 인식이 이토록 변했을까? 이제는 여성으로 사는 삶이 조금은 수월해진 걸까? 정말 그럴까?

공주 3종 세트를 기억하는가? 백설 공주, 인어 공주, 잠자는 숲속의 공주는 어릴 적 닳도록 들은 동화의 주인공이다. 하나같이 착하고 예쁜 공주들은 왕자의 사랑을 얻기 위해 온갖 역경을 견딘다. 동화는 그 시절 우리가 추구한 여성상을 정확히 꿰뚫는다. 순종적이고 예뻐야 하고, 멋진 남자와의 결혼이 지상 최대의 목표였던 여성의 가치관을 대변한다. 어른이 되고 책을 통해 다양한 여성들을 만나며 여성은 어떠해야 한다는 관습이 불편해졌다. 그래서일까? 올 초 도서관에서 만난 박숲의 『오, 미자!』는 반가움과 함께 작은 희망으로 다가왔다.

우리는 모두 미자입니다.

그림책에는 건물 청소부, 전기 기사, 스턴트우먼, 이사 도우미, 택배 기사까지, 제각기 다른 직업을 가진 다섯 '미자'의 이야기가 담겨 있다. 그들은 활기차고, 용감하며, 정의롭고, 힘세고, 믿음직스럽다. 어라, 그런데 그들이 여자라고? 누군가는 여전히 이런 직업들이 여성에게 어색하고 어울리지 않는다고 생각할지도 모르겠다.

그러나 현실 속 많은 미자들이 남성의 영역이라 믿었던 직업에서 입지를 다지는 중이다. 우리네 아버지의 고단함을 똑같이 느끼며 하루를 충실히 살아내고 있다. 여전히 남성과 여성의 직업을 구분하는 사람들의 편견과 차디찬 말들에 사는 게 참 쓰다고 느끼면서. 이들의 하루는 제목처럼 오미자의 다섯 가지 맛을 닮았다. 쓰고, 맵고, 짠 날들도 많지만 귤처럼 새콤하고 달콤한 날들 덕분에 견딘다.

> 산다는 건 맵거나 쓸 때도 있고
> 시거나 짤 때도 있습니다.
> 달콤한 때도 있고요.

> 오늘을 살아가는 우리는 모두 미자입니다.

여성, 사회적 약자로 산다는 것

그림책을 읽은 후, 더욱 현실적이고 평범한 여성의 이야기를 담은 영화 <벌새>가 떠올랐다. <벌새>는 1994년 성수대교가 무너졌던 해에 열네 살이 된 소녀 은희의 이야기이다. 어른의 시선으로는 모범생과 날라리의 중간쯤인 소녀 은희는 학교와 가정 어디에서도 관심 밖에 놓인 평범한 소녀다. <벌새>에는 은희를 둘러싼 다양한 인물들이 등장한다. 은희는 그들과 만남을 통해 세상을 더 깊이 이해하며 성장한다. 많은 인물이 등장하지만 한문 교실에서 만난 영지 선생님은 무척 특별하다. 은희를 존재 자체로 받아들이며,

모순과 폭력에 당당히 맞서라고 조언한다. 영화를 보는 내내 여성이고 사회적 약자라는 이유만으로 죄책감 없이 가해지는 일상의 폭력이 불편하고 답답했다. 여성이니 당연히 그래야 한다는 사회적 인식의 벽 앞에 무력하게 대응하는 주인공이 가엾고 안타까웠다.

은희라는 인물의 삶을 통해 감독은 무엇을 말하고 싶었던 것일까? <벌새>의 김보라 감독이 팟캐스트 방송 '듣똑라(듣다보면 똑똑해지는 라디오)'에서 한 인터뷰를 인용해 본다. "나의 분노가 내 것만이 아니라 사회의 많은 것들과 연관되어 있구나. 제 인생에서 가장 잘한 일 중 하나가 분노했던 거예요. 왜냐하면 그렇게 뚫고 나오지 않으면 화해란 없는 거거든요. 저는 분노가 정말 중요하다고 생각하고 그것이 여성이라면 더욱 중요한 것 같아요. 내가 어떤 위치에 있었는지 그리고 내 분노나 감정이 정당하다는 언어를 갖는 것이 중요하다고 생각해요."

책으로 먼저 나와 선풍적인 인기를 끌고, 영화로도 제작된 <82년생 김지영>에서도 비슷한 장면을 만났다. 유모차를 끌고 카페에 온 주인공 지영이 아이를 보면서 주문한 음료를 받다가 실수로 쏟아 버린다. 지영은 큰 소리로 우는 아이를 달래고 바닥을 정리하느라 정신이 없다. 그러다 뒷줄에 선 사람들이 자기들끼리 '맘충'이라느니, '노 키즈 존'을 이용하라느니, 온갖 불편한 말들을 뱉는다. 예전의 지영이라면 부끄러움에 재빨리 자리를 벗어나거나, 사과하며 고개를 숙였겠으나 이번엔 그러지 않는다. 상처를 준 이들과 세상의 모순에게 당당히 제 할 말을 한다. 내가 왜 맘충이냐고, 들리지 않게 이야기하라고. 지영의 대사에 속이 다 후련했다. 그녀가 내 것만이 아닌 감정에 당당히 분노를 쏟아 내줘서 위로받았다.

"엄마도 딸이 좋아? 우리가 아들이어서 싫어?"

할머니 이야기를 들은 첫째가 묻는다. 괜스레 마음을 들킨 듯해 미안하다.

"싫긴, 엄마는 너희가 엄마 아이라서 좋아. 딸이든 아들이든 상관없어."

"할머니는 왜 자꾸 딸이 좋다고 해? 왜 엄마보고 딸 낳으라고 말해?"

"그러게. 할머니는 딸이 엄마를 살뜰히 챙겨줄 거고 생각하시나 봐."

"난 나중에 커서도 엄마를 챙겨줄 거야."

아이의 말에 마음이 말랑말랑해진다. 여전히 딸을 낳고 싶은지 스스로에게 묻는다. 딸도 한 명 있으면 좋겠지만 이젠 아들로도 충분하다. 아니, 아이는 존재 자체로 충분하다. 진심이다. 이 아이가 남성인지 여성인지는 중요하지 않다. 어떤 성품을 지니고, 얼마나 건강하게 자라는지가 더 중요하다. 양성평등이라는 인식이 조금씩 자리 잡고 있지만 여전히 우리 사회는 성별을 구분하고, 여성은 이러해야 한다는 편견이 널리 퍼져 있다. 아이는 많이 낳을수록 좋다지만 자녀 양육과 집안일은 여성이기에 더 많이 감당해야 한다. 한걸음에 모든 편견이 사라지지 않겠지만, 여성이 목소리를 낼수록 세상은 더 좋아지고, 여성을 포함한 사회적 약자의 설 자리가 공고해진다는 것을 잊지 않기를. 누군가가 아니라, 나부터란 인식 속에 세상의 작은 변화에 동참하기를 바란다. 오늘의 세상이 점점 더 나아진 건 쓰고, 맵고, 짠 날들을 견뎌 여성이 결코 작고 약하지 않음을 증명했던 수많은 미자 덕분임을 기억했으면 좋겠다.

자유로움

1. 명사　　　구속이나 속박 따위가 없이 제 마음대로
　　　　　　할 수 있는 마음
2. 정은어　　편견 없이 자신이 원하는 모습으로 살아
　　　　　　가려는 마음

다른 게 어때서?

『프레드릭』
레오 리오니 글그림

말하는 대로 사는 사람

카자흐스탄, 첫 해외 여행지로 이름조차 생소한 나라를 택한 건 순전히 Y언니 때문이었다. 대학 선배이자, 장애인 야학을 꾸리고 가끔 학과 모임에서 만났던 언니는 내가 근무하던 특수 학교의 기간제 교사로 왔다. 언니는 남달랐다. 지나치게 열정적이고 관대해서 주변에선 뭘 그렇게까지 하냐는 핀잔을 들었지만 아랑곳하지 않았다. 언니와 나는 함께 근무하면서 자주 밥을 먹었고, 금방 서로에게 호감을 느꼈다. 밥자리는 술자리로 이어졌고, 늦은 밤까지 이야기꽃을 피웠다.

언니는 내가 지금껏 만난 적 없는 종류의 사람이었다. 그녀는 모험가였고 말하는 대로 사는 사람이었다. 홀로 세계 여행을 다녀왔고, 돌연 코이카(KOICA, 한국국제협력단)로 해외 봉사를 떠났다. 방학을 맞아 친한 벗들이 언니를 만나러 가자고 제안했고 흔쾌히 동의했다. 그러나 정작 여행 날이 임박하자 셋 중 둘이 개인 사정으로 일정을 취소했다. 나도 취소할까 망설였지만, 마음을 다잡고 홀로 여행길에 올랐다. 일주일이었다. 언니를 만나기 위해 태어나서 처음 비행기를 타고 8시간을 날았다. 낯선 것들이 한꺼번에 훅 들어올 땐 종종 두려움이 엄습한다. '언니가 거기 없으면 어떡하지? 길을 잃으면?'이라는 불안 한편에 언니가 나를 반드시 데리러 나오리란 막연하지만 분명한 확신이 있었다. 내 두려움을 알아채기라도 한 듯 공항 한가운데 언니가 환한 미소를 지으며 서 있었다. 낯선 땅, 카자흐스탄 여행은 순조로운 항해를 시작했다.

Y언니를 생각하면 떠오르는 주인공이 있다. 프레드릭! 개미와 베짱이의 현대판 버전 같은 레오 리오니의 그림책 『프레드릭』에는 관습의 눈으로 보면 지극히 '말도 안 되는 생각'을 지닌 '프레드릭'이라는 들쥐가 등장한다. 오래된 돌담에는 작은 들쥐들이 산다. 함께 사는 들쥐들이 다가올 겨울을 대비해 양식을 모으느라 분주한 동안 프레드릭만 멍하니 사색에 빠졌다.

프레드릭, 넌 왜 일을 안 하니?

춥고 어두운 겨울날들을 위해 햇살과 색깔, 이야기를 모으는 중이라고 답하는 프레드릭. 읽으면서 '무슨 헛소리냐'는 말이 튀어나올 뻔했다. 엉뚱하고 진지한 프레드릭처럼 언니의 인생 좌표도 안정, 성공과는 다른 방향을 가리켰다. 열악한 환경의 아이들을 돕기 위해 학교 안에 수영장을 만들고 직접 재료를 공수해 타일을 붙인다고 했다. 남들이 보든 안 보든, 마음먹은 대로 추진해 가는 모습에 감탄했다. 말도 통하지 않는 아이들에게 미술 수업을 하고, 책으로만 배웠던 고려인의 집을 방문하여 소통했다. 처음 만난 세상, 그 귀퉁이를 살짝 엿보면서 흥분하는 사이 일주일이 훌쩍 지나갔다.

편견 없이 자유로운

아무 일도 하지 않는 것처럼 보이는 것과 무언가를 지나치게 열심히 하는 것은 정반대의 행위 같지만 비슷하다. 창작에 몰두하는 시간은 얼핏 게으름을 피우는 것 같다. 사실 엄청난 에너지로 뇌를 채찍질하는 일인데도 말이다. 또 너무 지나치게 매진하는 이의 모습에도 사람들은 뭘 그렇게 애쓰냐며 오해한다. 선을 벗어나 남들과 다른 삶을 사는 사람을 쉽게 인정하지 않는다. 그러니 자신이 추구하는 길을 뚝심 있게 헤쳐 나가기란 얼마나 어려운 일인가?

프레드릭의 친구들이 프레드릭에게 한 번도 '말도 안 되는'이나 '쓸데없는'이란 말로 핀잔을 주지 않아 신기했다. 일이라고는 조금도 하지 않은 프레드릭에게 힘겹게 모은 양식을 나누어 주고도 불평 한마디 하지 않고 그의 말에 귀 기울이는 마음에 감동했다. 프레드릭은 다름을 인정하고 존중해 준 친구들 덕분에 상상의 나래를 마음껏 펼친다. 부러웠다.

프레드릭, 넌 시인이야!
나도 알아.

"나도 알아."라니! 어쩜 이리도 당당할까. 자신이 원하는 삶의 방향을 분명히 아는 존재의 말이다. 무엇을 좋아하고, 어떻게 살고 싶은지 깊이 고민한 이의 단단한 독백이다. 작가의 마지막 문장이 그림처럼 튀어나와 반짝반짝 빛났다. 눈부셨다. 돈도 명예도 인정도 없이 어떤 일에 열심인 사람을 보면 프레드릭 같다. 눈치 보지 않고 온몸으로 삶을 증명하는 사람. Y언니는 그런 사람이었다. 모험가였던 언니가 아이 셋의 엄마가 되었고 다시 건강한 마을 공동체를 만드느라 바빴다. 공동체 밥집을 도우며 사회 운동에 열심인 언니에게 왜 사서 고생이냐며 속상해하자 언니는 "나만 행복한 게 미안해서."라고 했다. 언니가 만나는 사람 모두가 프레드릭 주변의 작은 들쥐들처럼 있는 그대로의 마음을 인정하고 지지하지는 않을 텐데…. 버짐이 일어 퉁퉁 부은 언니의 얼굴과 거친 손마디에 마음이 아려왔다.

편견에서 자유로운! 프레드릭을 닮은 Y언니처럼 살진 못해도 내가 걷는 길이 뻔하지 않았으면 좋겠다. 모든 순간 삶을 무엇으로 채우고 싶은지 우선 순위를 복기하며 조금 더 나은 삶을 향해 나아가는 사람이 되고 싶다. 가끔 소소한 모험을 허락하고, 밥벌이만큼 중요한 일을 위해 고군분투하는 수많은 프레드릭을 응원하는 사람. 훗날 나 또한 프레드릭처럼 따뜻한 이야기 한 조각 나눌 수 있는 할머니로 늙고 싶다.

자책감

1. 명사   자신의 결함이나 잘못에 대하여 깊이
               뉘우치고 자신을 책망하는 마음
2. 정은어   어떤 사건의 원인이 나 때문인 것만 같아
               스스로를 꾸짖는 마음

왜 너 때문이라고

생각해?

『나 때문에』
박현주 글그림

아이가 운다

"그렇게 아픈데 어떻게 참았대?"
(미련하게 그걸 참아, 쯧쯧! 빨리 병원에 갔어야지.)

"아이는 다시 가지면 돼. 이젠 털고 일어나야지."
(네가 잘못한 일이잖아. 너만 생각하지 말고, 가족도 돌봐야지.)

위로의 말이었는데, 자꾸 나를 탓하는 말로 들린 건 언제부터였을까? 경기도에 새로운 보금자리를 만들고, 새 삶을 시작한 그해, 남편과 참 많이 싸웠다. 슬픔과 서러움, 미움이 솟구쳐 뾰족한 말들이 서슴없이 터져 나왔다. 특히 '엄마니까 참아야지'라는 말이 그랬다. 엄마라서 이만큼 버티고 참은 건데 어떻게 더 얼마나 참으란 말인지… 억울하고 화가 났다.

"이제 그만 일상으로 돌아와야지. 엄마잖아." 그냥 툭 던진 한마디가 가슴에 콕 박혀 주체할 수 없어진 날, 처음으로 남편을 향해 독화살을 쏘았다. "이혼하자." 아팠던 날에 유독 냉랭했던 남편의 서러운 말들이 하필 그 순간 생생히 되살아났다. 남편도 꾹꾹 누른 감정을 봇물처럼 쏟아냈다. 가정을 지키기 위해 최선을 다한 자신을 항변했다. 당신만 힘든 게 아니라 나도 많이 참았다고, 아이를 위해 이혼은 절대 못 한다며 얼굴을 붉으락푸르락했다.

처음으로 아이 앞에서 큰 소리로 싸운 날 겁에 질린 첫째의 표정을 잊을 수가 없다. 울 듯 말 듯 눈물을 꾹 참는 아이를 보며 그제야 무슨 짓을 한 건가 후회했다. 그날 아이가 물었다.

"엄마, 나 때문에 싸우는 거지?"

첫째는 자기 때문에 엄마 아빠가 싸운다며 훌쩍였다. 그게 아닌데… 너무 미안해서 우는 아이를 안고 말해 주었다.

"너 때문이 아니야. 저번에 K랑 다툰 적 있잖아. 기억 나?"

"응, K가 자기 마음대로 했어. 내 말은 안 들어주고."

"그래, 엄마랑 아빠도 서로 말을 안 들어주면 속상하거든. 큰 소리로 싸워서 놀랐구나. 미안해. 너 때문이 아니야."

눈물방울을 달고 안심했다는 듯 첫째가 웃었다. 아이에게 진심으로 미안했다. 좋은 부모가 되자던 결심이 물거품이 된 것만 같아 속상했다.

어린 시절, 부모님이 큰 소리로 다툴 때마다 이불을 뒤집어 쓰고 울었다. 크면 절대 아이 마음을 아프게 하는 부모는 되지 말아야지, 그런 부모가 될 것 같으면 아이는 낳지 말아야지 다짐했었다. 창피함에 얼굴이 달아오른 날, 박현주가 쓰고 그린 『나 때문에』는 나를 꾸짖어 준 몸에 좋지만 쓴 약이다. 그림책 표지에는 크고 깊은 눈을 한 고양이가 다 알고 있다는 듯 나를 바라본다. 이런 날엔 그 눈을 똑바로 바라볼 수가 없다.

너 때문이 아니야

나 때문에
아이들이 울어요.

그림책은 주차장 한쪽에 웅크리고 앉은 고양이의 독백으로 시작한다. 엄마 아빠가 싸운 건 아이들이 엄마 아빠를 자꾸 불렀기 때문이다. 피곤한 아빠를 깨우고, 바쁜 엄마를 귀찮게 했으니까. 아이들이 엄마 아빠를 부른 건, 화분에 활짝 핀 꽃을 보여 주고 싶었기 때문이다. 꽃망울이 톡 터진 꽃을 보며 좋았던 마음을 부모님께도 전하고 싶었다. 엄마 아빠도 좋아할 줄 알았는데, 그래서 열심히 불렀던 건데. 오히려 두 분이 무섭게 싸우신다. 깜짝 놀란 아이들과 식탁 밑에 웅크린 고양이의 눈이 왕방울만큼 커진다. 급기야 꽃 화분은 산산이 깨지고 아이들도 쫓겨난다. 아이들은 생각한다. 우리 때문이라고. 주차장 한쪽에 웅크린 고양이의 눈 속에서 아이들이 운다.

교실에서 처음 『나 때문에』를 읽어 준 날, 시끌시끌 웅성이던 소리들이 일제히 멈췄다. 고요했다. 오직 내가 뱉은 목소리의 울림만이 희미하게 남았다. 혹시 부모님께서 싸우시더라도 너희 때문이 아니라고 말해 주었다. 목소리가 잠긴 L이 되물었다. "정말요?" 평소 밝고 명랑한 L은 부모님이 이혼하실까 봐 무섭다고 했다. 고성과 욕설이 오가는 날은 무서워 방문을 잠그고 울었다고 했다. 배도 아프고, 머리도 아파서 좀 쉬고 싶다는 L에게 수업은 들어야 한다고 강요할 수 없었다. 아이는 몸보다 마음이 아픈 게 분명했다. 오랫동안 L은 자주 아팠다. 어느 날은 기침이 심했고, 두통이 왔고, 배가 아팠다. 정말 아픈 건 몸이 아니라 마음이라는 걸 알고 있었지만 해결해 줄 수 있는 게 아무것도 없었다. 매일 싸우는 부모를 마주하는 아이의 마음은 어떨까? 어린 시절의 내가 그랬던 것처럼, 남편과 나의 싸움이 자기 때문인지 물었던 내 아이처럼, 아이들은 자기 탓이라 여기지 않을까.

나 때문도 아니야

나도 그랬다. 남편에게 화를 쏟았지만 실은 불행을 자초한 나를 탓했다. 미련하고 어리석은 내가 과연 엄마가 될 자격이 있을까 자책했다. 그럴 때마다 내 안에 품은 이야기 하나를 길어 올린다. 스승이 제자에게 묻는다. 누군가가 쏜 첫 번째 화살에 맞으면 아프냐고. 제자는 당연히 아프다고 답한다. 스승은 다시 묻는다. 만약 똑같은 자리에 두 번째 화살을 맞으면 더 아프겠냐고. 제자는 또 답한다. 몹시 아프다고. 운 좋게 화살을 피하는 이도 있겠으나 수많은 사람이 영문도 모른 채 무방비 상태로 첫 번째 화살을 맞는다. 처음엔 '왜 나에게 이런 일이 생겼을까'라는 의구심과 고통이 혼재한다. 첫 번째 화살을 맞은 상황을 곱씹을수록 분노와 슬픔은 배가 된다. '두 번째 화살 이야기'로 잘 알려진 불교(『잡아함경』)의 가르침이다. 타인을 비난하면할수록 후련하기는커녕 쓰리기만 했다. 차츰 분노의대상은 타인에서 나로 옮겨왔다. 첫 번째 화살이 관통한 자리에 두 번, 세 번, 네 번… 끝도 없이 화살을 퍼부었다. 아팠다. 몹시 아팠다. 나 때문에.

가만히 떠올려 보면, 내가 좋아했던 이야기들이 무너진 나를 일으켰다. '난 엄마니까 강해져야 해. 일어서야 해.'가 아니라 '그냥 나, 슬픔에 주저앉은 나'를일으키고 싶었다. 돌이켜 보면 그 시절, 나에게 해 주고 싶었던 말은 단 하나였다. 이제 그만 나를 용서하라는 것, 그것밖에 없었다.

정겨움

1.명사　　　정이 매우 많아 넘칠 듯한 마음
2.정은어　　떠올리면 웃음이 나고 온화해지는 마음

만나고 싶은 그리운 손

『장수탕 선녀님』
백희나 글그림

할머니, 나의 할머니

내게는 두 분의 엄마가 계신다. 또 한 명의 엄마였던 외할머니는 주말이면 머리에 큼지막한 대야를 이고, 두 손 가득 먹거리를 챙겨 동구 밖부터 걸어오셨다. 먼지가 폴폴 날리는 시골길을 대야를 인 할머니가 걸어오신다. 친구들과 놀던 여자아이 하나가 신나서 달려간다. 조금이라도 빨리 만나기 위해 아이는 달리고 또 달린다. "할매, 이게 다 뭐꼬?" "니 줄라고 맛있는 거 잔뜩 싸왔다 아이가." 할머니의 말에 아이가 함박웃음을 터뜨린다. 얼른 집으로 가자며 손을 잡아끈다. 그 시절의 내가 환하게 웃는다.

몸이 약하셨던 할머니는 다산이 대세이던 시절에 겨우 딸 하나를 낳으셨다. 바로 우리 엄마다. 엄마는 할머니의 보물이고 공주였다. 입에 풀칠조차 하기 힘든 시절에도 엄마는 빛바랜 사진 속에서 세련된 양장옷을 입고 당당한 포즈로 서 있었다. 애지중지 키운 엄마가 결혼하고 힘든 삶을 사는 모습이 무척 마음 아프셨을 것이다. 어떻게 키운 자식인데, 가장의 역할을 짊어진 딸이 안쓰러워 자신의 모든 것을 아낌없이 쏟으셨다. 할머니의 사랑은 첫 손주인 나에게도 그대로 이어졌고, 하나뿐인 딸과 딸이 낳은 손녀를 끔찍이 사랑하셨다. 백희나의 그림책 『장수탕 선녀님』은 타임 머신처럼 기억조차 희미해진 추억들을 소환한다.

　　우리 동네에는……
　　아주아주 오래된 목욕탕이 있다.

　평범하고 단순한 이 문장을 읽으면 이상하게 마음이 편안해진다. 주인공 덕지가 엄마 손을 잡고 목욕탕으로 가는 모습이 어쩐지 어릴 적 할머니와 나를 닮았다. '목욕합니다'라는 간판과 키다리 개인 옷장들, 파란 타일과 목욕 의자, 냉탕과 온탕을 오가며 때를 불리던 장면에 이르면 지난 추억들이 떠올라 웃음이 나온다. 자신을 산속에 사는 선녀라고 소개하는 이상한 할머니와 놀라면서도 재밌어 하는 덕지는 환상의 콤비다. 때밀이를 참고 받은 요구르트를 수줍게 내미는 덕지와 맛있게 먹는 선녀 할머니의 표정에 덩달아 행복해진다. 나에겐 요구르트 대신 바나나 우유였는데. 익숙한 장면, 이제는 돌아갈 수 없는 유년의 추억 속엔 늘 외할머니가 계셨다.

오래된 것은 힘이 세다

인정 넘치고 흥이 많으셨던 외할머니는 손이 커서 맛있는 음식을 만들면 꼭 이웃을 초대해 함께하셨다. 할머니가 계신 곳엔 늘 사람으로 북적였다. 손녀 기죽지 말라고 엄마 몰래 바지춤에서 꼬깃꼬깃 접은 용돈을 쥐여 주셨고, 칠순의 나이에도 딸과 손주를 위해 손수 요리를 하셨다. 내게는 엄마보다 더 엄마 같았던 할머니셨는데 가족들이 직장에 간 시각, 욕실에서 넘어진 후로 영영 걷지 못하셨고, 생의 마지막을 병원에서 맞으셨다.

덕지야, 요구룽 고맙다. 얼른 나아라.

아픈 덕지의 이마를 짚어 주는 선녀 할머니처럼 할머니도 자주 손녀의 배를 문질러 주며, "할머니 손은 약손" 주문 같은 말들을 외우셨다. 거칠고 따뜻한 손의 온기 덕분이었을까. 신기하게 아픈 데가 금방 나았다. 나를 낫게 한 손, 더는 만날 수도 잡을 수도 없는 존재를 향한 그리움은 이제 낡고 오래된 것들에 옮아갔나 보다. 세월에 주름지고 헤져 쓸모를 다한 것들을 만날 때면 어떤 다정한 손 하나가 나를 쓰다듬듯 마음이 평온해진다. 그 안에도 평범하고 소박하지만 따스한 무언가가 잔뜩 쌓여 있을 거라고 생각하면 마음이 좋다. 그래서일까. 더 자세히 들여다보게 된다. 오래도록 나를 보살핀 크고 그리운 손을 만나고 싶어 안달이 난다. 그러다 마음을 고쳐먹는다. 이번엔 내가 할머니의 손이 될 차례다. 원을 그리듯 쓰다듬던 온기를 나누어 줄 때다.

초라함

1.명사　　　　보잘것없고 변변하지 못한 마음
2.정은어　　　주머니에 가득했던 구슬을 잃어버리고
　　　　　　　빈털터리가 되어 길 가운데 선 마음

나만의 속도로 가면 돼

『떨어진 한쪽, 큰 동그라미를 만나』
쉘 실버스타인 글그림

구두 세 짝

"고객님! 상품이 도착했습니다." 주문한 상품이 도착했다는 문자였다. 퇴근 후 현관문 앞에 그득히 쌓인 택배 상자 중 하나를 꺼내 조심스레 뜯었다. 세 짝 슬립온, 독특한 디자인에 끌려 주문했지만 세 짝인 게 신기하면서도 의아했다. 젓가락 두 짝, 양말과 장갑이 두 켤레인 것처럼 신발도 두 개가 한 쌍인 게 익숙했다. 신발장에 세 짝을 올려두고 보니 당장이라도 하나를 구해 채워 놓아야만 할 것 같았다. 늘 신던 둘만 신었고 남겨진 한 짝은 닳지 않아 깨끗했다. 가끔 남겨진 신발을 힐끔 보면 왜 자기만 신발장에 머무냐고 나무라는 것 같았다. '그냥 버릴까? 신지도 않을 거면서 왜 샀을까? 왜 굳이 세 짝을 만들어서는 고민에 빠뜨리나!' 브랜드를 원망하기에 이르자 불현듯 세 짝에 불편해하는 내가 더 이상하게 여겨졌다.

그러고 보니 차에서 볼륨을 높일 때도 홀수면 짝수로 바꾸었고 하나가 모자라면 무심결에 나머지를 채웠다. 짝수여야 마음이 놓였다. 친구 관계도 그랬다. 셋이서 놀면 묘한 경쟁심이 피어올랐다. 혹시 나보다 저 친구가 더 친한 건 아닐까 하고. 그건 도대체 어떤 마음인지 궁금했다.

조각, 꼭 맞는 동그라미를 기다리다

남겨진 구두 한 짝처럼 홀로 떨어진 주인공이 있다. 꼭 맞는 누군가가 찾아와 어디론가 데려가길 하염없이 기다린다. 예쁘게 치장하고, 요란하게 멋도 내보지만 소용없다. 도대체 언제쯤 만날 수 있을까? 사랑을 그린 듯 애절하지만 실은 조각과 동그라미의 이야기다. 어린아이 낙서처럼 뭉툭하게 쓱쓱 그린 그림체, 설렁설렁 넘기다 입이 떡 벌어진다. 도돌이표를 만난 것 마냥 첫 장으로 돌아가 다시 소리 내어 읽는다.

쉘 실버스타인이 쓰고 그린 그림책 『떨어진 한쪽, 큰 동그라미를 만나』의 주인공은 전작인 『어디로 갔을까, 나의 한쪽은』에서 이가 빠진 동그라미가 내려놓은 조각이다. 모처럼 이가 맞는 짝을 만났건만 자신을 내려놓은 동그라미 때문에 또다시 새 짝을 기다리는 중이다. 간절하면 통한다고 했던가! 열심히 탐색하고 멋지게 치장하는 조각에게 꼭 맞는 것이 찾아온다.

드디어 완벽한 동그라미로 데굴데굴 굴러가는 두 존재. 이대로 해피엔딩이라면 책을 다시 펼치는 일은 없었으리라. 진짜 이야기는 여기서부터 시작이다. 느닷없이 몸이 부풀어 오르기 시작하는 조각, 동그라미는 자꾸만 커지는 조각을 감당할 수 없어 다른 한쪽을 찾아 떠나 버린다.

　나도 조각처럼 꼭 맞는 동그라미를 기다렸다. 어디론가 데려다줄 반려자를 찾았고, 행복하게 굴러가기만 하면 될 터였다. 결혼을 하고, 아이를 낳으며, 인생의 과업을 이룬 것만 같았던 사십 대, 갑자기 부풀어 오르기 시작했다. 느닷없이 부푼 건 어느 쪽이었을까? 꼭 맞진 않았지만 삐걱거리며 맞춰 갔던 부모님처럼 결혼은 원래 그런 거라 이해하며 굴러갔다. 마흔 즈음, 억지로 맞추며 사는 게 불편했고 혼자서는 아무것도 못 한 채 남편의 도움만 바라는 나를 발견했다. 십 대, 이십 대에는 부모에게 기댔고, 삼십 대는 남편에게 기댔다. 꼭 잡은 손을 놓았을 때 홀로 당당히 설 자신이 없었다. 십 대에도 앓지 않던 몸살을 그제야 앓았다.

혼자서도 구를 수 있어

다시 혼자 남은 조각, 어느 날 처음 보는 이상한 동그라미가 다가온다. 가만히 보니 어디에도 끼어들 자리는 없다. 신기해하며 도와줄 게 없는지 묻자 옆으로 고개를 젓는다. 낙심한 조각에게 큰 동그라미가 말한다.

> 나하고 굴러갈 순 없어도
> 아마 너 혼자 굴러갈 수는 있을 거야.

어떻게 혼자 구르냐고 반박하는 조각, 동그라미의 말이 걸작이다.

> 노력은 해 봤니?

심장이 '쿵' 내려앉고 얼굴이 화끈거렸다. 구두 세 짝을 이해하지 못하는 나는 말괄량이 삐삐의 짝짝이 스타킹에 깔깔대면서도 그녀의 당당함을 부러워하던 어린 시절에서 조금도 자라지 않았다. 떨어진 조각처럼 어딘가로 가려면 누군가가 필요하다고 믿었다. 마치 주머니에 가득했던 구슬을 잃어버린 채 빈털터리가 되어 길 한가운데 서 있는 것만 같았다. 조각도 깨달은 걸까? 뾰족한 모서리 탓에 혼자선 구를 수 없다는 건 핑계일 뿐이었다. 몸을 일으켜 모서리로 선다. 기우뚱… 털썩. 온 힘을 다해 일어나도 이내 넘어지기를 수없이 반복하는 조각. 감탄이 절로 새어 나온다. 어쩜 저리 용감할까? '덜커덩 쿵'이 '펄쩍 데구르르'로 바뀌자 '저게 과연' 미심쩍던 시선이 '어쩌면 혹시'로 바뀐다. 그러던 어느 날, 조각은 기어이 혼자서 '데굴데굴' 굴러간다.

들썩기우뚱털썩들썩기우뚱털썩……

언제쯤 혼자 구를 수 있을까? 뾰족한 모서리가 닳아 없어지고 모양이 변하려면 얼마나 많이 무너져야 할까. 몸도 마음도 축 늘어져 용기 곳간이 텅 빈 날이면 공책 한 귀퉁이에 큰 동그라미와 나란히 굴러가는 작은 동그라미를 그린다. 작은 동그라미가 다정하게 속삭인다. 더는 끼워 맞추는 삶에 기대지 말라고. 각자의 고유한 모양과 속도대로 굴러가는 인생도 존재한다고. 그러니 조금만 더 힘내라며 용기를 건넨다. 넘어질 때마다 텅 비었던 주머니 속이 무언가로 채워

지는 것 같다. 불룩해진 주머니에 손을 넣고 웃음 짓
는 사람을 상상한다. 괜스레 미소가 밴다. 숨을 한껏
들이마신 후 툭 뱉어 내자 '파이팅!'을 외치며 나를 응
원하는 목소리 하나가 따라 나온다.

통쾌함

1. 명사   아주 즐겁고 시원하여 유쾌한 마음
2. 정은어   짜릿함에 속이 뻥 뚫리는 마음

참으면 병이 되는 말

『말들이 사는 나라』
윤여림 글, 최미란 그림

나쁜 말? 착한 말?

"말해야 하는데, 어떡하지?" 기분 나쁜 말을 듣고 또 참았다. 자존심이 상해 반박하고픈 말이 목구멍까지 올라왔건만 꿀꺽 삼켜 버렸다. 불평을 쏟아 내고 간섭하는 말들에 "제가 알아서 할게요!" 한마디를 못 해 오늘 밤도 이불킥을 날렸다. 한숨이 나온다. 할 말을 못 해 끙끙대는 날엔 윤여림 작가가 쓰고 최미란 작가가 그린 그림책 『말들이 사는 나라』가 제격이다. 동음이의어인 말(馬)과 말(言)을 절묘하게 그림으로 풀어낸 아이디어가 참신하다. 말들이 사는 나라에는 '착한말'과 '나쁜말'이 산다. 배려말, 동정말, 신난말, 칭찬말, 기쁨말, 나눔말, 친절말, 용서말, 사과말, 감탄말 등 착한말들 틈에 투덜말, 심술말, 화난말도 함께다. 하지만 딱 세 마리뿐인 나쁜말들 때문에 착한말들은 스트레스가 이만저만이 아니다. 나쁜말들이 투덜대고, 심술부리고, 화를 쏟아 내면 착한 말밖에 할 줄 모르는 말들은 속으로만 끙끙댈 뿐 아무 대꾸도 못 한다.

참지 못한 착한말들은 자기들끼리 숨어 놀며 나쁜말들을 따돌린다. 당황한 나쁜말 삼총사도 말들이 사는 나라를 떠나 버린다. 나쁜말들이 사라진 세상, 착한말들만의 세상은 완벽한 파라다이스일까? 뒷이야기가 궁금하다. 어느 날 말들이 사는 나라에 구름요정이 찾아온다. 구름요정은 비, 햇살 등 원하는 건 무엇이든 나누어 준다. 받기만 하니 미안해진 착한말들은 구름요정이 바라는 '똥가루'를 선물한다. 구름요정은 마법으로 똥가루를 금가루로 바꿔 후루룩 한입에 먹어 버린다. 더 먹고 싶다고 말하는 구름요정의 부탁에 착한 말들은 쉼 없이 똥가루를 만들어 바친다.

  사람의 호의를 이용하는 사람들이 있다. 친절하게 다가와 뭐든 줄 것처럼 온갖 호의를 베풀다 뒤통수를 치는 종류의 사람이 꼭 사기꾼만 있는 건 아니다. 살다 보면, 처음엔 배려인 줄 알고 정성을 다한 상대가 심한 요구로 뒤통수를 때릴 때가 있다. 그림책 속 구름요정도 부탁하던 태도를 180도 바꿔 무서운 얼굴로 말똥가루를 더 만들어 바치라 명령한다. 구름괴물이 된 요정은 자신을 구름대왕님으로 부르라며 협박한다. 착한말들은 무서워진 구름대왕에게 싫다는 말 한마디 못하고 매일 노역에 시달리며 힘든 나날을 보낸다.
  우리의 착한말들을 구해 준 영웅은 다름 아닌 나쁜

말 삼총사다. 똥가루 공장에 들어가 구름대왕을 약 올리고, "싫어."를 연발하며 구름대왕에 대항하는 그들의 퍼포먼스에 속이 다 후련하다. 나쁜말들의 활약에 착한말들도 더는 참지 않고 모두가 한목소리로 "사라져!"를 외친다. 이후 착한말과 나쁜말은 서로의 말을 가르친다. 말들이 사는 나라에는 여전히 착한말과 나쁜말들이 살지만 착한 말과 나쁜 말만 하는 말은 없다. 둘은 재미나게 놀다가도 싸우고, 싸우다가도 화해하고 또 재미나게 논다. 오늘도 즐겁게 논다.

언어의 온기에 기대

"닥쳐 닥쳐 닥쳐 닥치고 내 말 들어" 평소 말수가 적고 과묵하기로 소문난 A가 노래방에서 크라잉넛의 '말 달리자'를 불렀을 때 모두 경악을 금치 못했다. "닥쳐"가 나올 땐 떼창이 이어졌고, 노래방을 나올 쯤엔 다들 목이 쉬어 쇳소리만 나왔다. 짜릿함에 속이 뻥 뚫리는 기분이었다. 거칠게 말해도 따스함이 묻어나는 사람이 있다. 친절하게 말해도 찬바람이 불어와 냉기에 몸이 움츠러드는 사람이 있다. 어른이 된 나는 이제 말의 형태보다 온기에 더 민감하다. 쪼그라든 용기

를 충전하여 무례한 이에게 불쾌한 감정을 담담하게
온전히 표현하는 어른이고 싶다.

포근함

1. 명사   감정이나 분위기 따위가 보드랍고 따뜻하
여 편안한 마음

2. 정은어   한겨울 추위에 떨다 이불 속에 들어간 듯
부드럽고 따스한 마음

내가 포근히 안아 줄게

『나는 개다』
백희나 글그림

또 한 명의 가족

"엄마, 구름빵 만들어 주세요! 구름빵 먹고 날고 싶어요." 처음 『구름빵』을 읽어 준 날 아이가 말했다. 빵집 앞을 지나가거나 흘러가는 구름을 발견하면 아이는 곧잘 비슷한 상상을 펼쳤다. 하늘을 날아 어디에 가고 싶은지 물으면 골똘히 생각에 잠겼다가 평소 바랐던 장소를 말했다. 놀이공원, 워터파크, 동물원부터 마법, 공룡, 장난감 나라로 날아가는 상상이 줄줄이 꿴비엔나처럼 끝없이 이어졌다. 상상만으로도 신난 아이와 도란도란 주고받은 말의 온기가 지금도 따스한 기억으로 남았다.

구름빵의 추억 때문일까? 2020년 4월, 『구름빵』을 지은 백희나 작가가 한국 최초로 '아동 문학계 노벨상'인 '아스트리드 린드그렌 상'을 받았다는 소식을 듣고 뛸 듯이 기뻤다. 수공예와 애니메이션의 요소를 결합한 그녀만의 독특한 그림체도 좋았지만 작품에 담긴 소박하고 다정한 시선이 그리워 자주 손이 갔다. 작품마다 저마다의 매력이 넘치지만 내 마음속 '베스트 오브 베스트'를 고르라면 주저하지 않고 『나는 개다』를 꼽는다.

　　사람들은 나를 "구슬아!"하고 부른다.

　　슈퍼집 방울이네 넷째로 태어나
　　이곳으로 보내졌다.

　구슬이는 수년 전 슈퍼집 방울이네 넷째로 태어나 밥을 먹기 시작할 즈음 동동이네로 보내졌다. 그렇게 할머니, 아버지, 동동이에 이어 네 번째 가족이 되었다. 엄마 방울이가 해마다 엄청나게 낳은 새끼들이 모두 자기 형제자매인 것 같아 밤마다 동네 개들의 울음에 대답해 주는 기특한 녀석이다. (매번 아버지의 하울링에 소리를 뚝 그치지만 말이다.)

　가족이 모두 떠난 아침, 홀로 남아 문만 바라보는 구슬이의 모습이 쓸쓸하다. 가족이 돌아오기를 기다리고, 기다리고, 또 기다린다. 하염없이⋯. 할머니가 돌아오시자 목줄이 끊어져라 냅다 달리는 구슬이. 신난 구슬이는 동네 여기저기를 탐색하다 엄마 방울이와 마주치지만, 유치원에서 돌아오는 동동이가 먼저다. 구슬이는 신나게 달리는데 동동이가 넘어져 운다. 인간의 아이는 참으로 나약하다며 자신이 지켜줄 수밖에 없다고 푸념한다. 노곤해져 잠든 아이 곁에 무거운 눈꺼풀로 잠들려는 찰나, 하필 배가 아프다. 그대로 똥을 싸고 만다. 벌겋게 달아오른 아버지가 활화산처럼 폭발하고, 베란다로 쫓겨난 구슬이가 조그만 소리로 꺼억꺼억 운다. 그 밤, 담요를 끌고 베란다로 건너온 동동이가 구슬이 곁에 누워 꼬옥 껴안고 잔다. 내가 제일 좋아하는 장면이다.

누가 누구를 지키는 걸까

작가는 『구름빵』을 쓴 후 엄마나 아빠가 없는 아이들에게 미안했다고 한다. 이후 그녀의 작품에는 다양한 형태의 가족이 등장한다. 『나는 개다』속 동동이나 구슬이도 엄마가 없지만 씩씩하다. 구슬이가 동동이를 챙기고, 동동이가 구슬이를 토닥이는 장면에 이르면 과연 누가 누구를 지키는지 헷갈린다.

겨우 엄마가 되고, 목을 가누기조차 어려운 아이를 집으로 데려온 날을 또렷이 기억한다. 모든 게 신기하고 두려웠다. 서툰 엄마 역할에 익숙해질 무렵, 하나씩 배우고 성공하는 아이의 나날이 놀랍고 신기했다. 그런데 태어났을 때보다 걷고, 뛰고, 말하고, 혼자 하는 것들에 조금씩 익숙해질 무렵이 육체적으로는 더 힘들었다. 아이의 모든 처음이 서툰 건 당연했지만 실패는 고스란히 엄마의 노동으로 돌아왔다. 달래고, 치우고, 정리하는 일상을 반복했다. 특히 유난히 짜증이 솟구치는 날엔 종일 보챘고, 바닥에 떨어진 음식과 밥그릇을 치우느라 쉴 틈이 없었다. 아이가 자라면서 희미해져 가는 기억들이지만 나도 구슬이처럼 내가 보살필 수밖에 없다며 푸념한 날들이 설거지통에 쌓인 그릇만큼 쌓여 갔다.

아이 뒤치다꺼리로 지친 날이면 나도 몰래 짜증 섞인 말들을 토해 냈다. 엄마의 반응에 놀란 아이가 눈물이 그렁그렁한 눈으로 "미안해."라며 더듬거렸다. 아이를 달래며 이 작은 아이에게 왜 그랬을까 후회가 밀려왔다. 그런 날에는 잠든 아이의 얼굴이 더 짠하고 미안해서 뽀뽀를 퍼부었고 보송보송한 볼과 말랑말랑한 손가락, 발가락을 비비다 곁에서 잠들었다. 다시 배 속에 넣고 싶다던 말은 꿀꺽 삼키고 엄마 아빠를 만나러 세상에 와 준 고마움만 품는다. 돌이켜 보면 되려 아이가 나를 지켜 주었다.

아이는 부모의 온 세상이다. 잠시 품었다 다시 우주로 떠나보내야 할 행성. 처음엔 엄마의 자기장에 붙어 조그만 원을 그리며 머무르지만 커 갈수록 점점 그 궤를 넓혀갈 것이다. 수많은 위성과 행성을 만나겠지. 언젠가는 부모보다 커져 자신만의 우주를 이루며 어른이 될 테다. 웃고 울고 화내고 신나하던 수많은 날을 함께 하다 어느 날 갑자기 곁을 떠날 순간을 상상해 본다. 벌써 슬퍼진다. 그런 날엔 오랜 세월 아이를 품에 안으며 느꼈던 온기를 기억해야지. 갓 태어난 너, 한 살의 너, 두 살의 너… 스무 살의 너, 너와의 포옹을 잊지 말아야지. 동동이가 구슬이를 꼭 안아 준 것처럼, 지금은 그저 따뜻하게 품고 곁에 머물러야지. 지켜 줘야지.

평온함

1.명사   조용하고 평안한 마음
2.정은어   달린 후 숨을 고르며 몸과 마음의 목소리
           에 귀 기울이고 균형을 맞추는 마음

가만히, 가만히

『고요히』
토미 드 파올라 글그림

달리기가 쉼?

심장이 터질 것 같다. 박자를 놓친 드러머처럼 쿵쾅쿵
쾅 요란하게 울리는 심장 박동과 함께 숨소리가 턱까
지 차올라 목이 멘다. 조금만 더, 조금만 더! 발걸음은
묵직해지고 뛰는지 걷는지 헷갈리는 순간 달리기 앱
에서 경쾌한 목소리가 들린다. "대단합니다. 목표를
완료하셨습니다." 마지막 숨까지 다 토해 낸 후, 미리
스캔한 벤치에 털썩 주저앉는다. '아, 기분 좋다!' 피식
피식 웃음이 새어 나온다. 기분 최고다!

　학창 시절 달리기 경주를 하면 꼴찌를 도맡았다. 당
연히 제일 싫었던 과목은 체육이었고, 제일 싫었던 행
사는 체력장이었다. 저만치 신호등이 깜빡여도, 약속
한 시각이 임박해 버스를 타야할 때도 어기적거리며
능장 부리던 사람이 나였다. 아무리 생각해도 이런 변
화가 낯설다. 시작은 지극히 미미했다. 온라인 성장
모임에 함께했던 R님이 달리기 모임을 여었고, 바닥
난 체력을 보충하려 얼결에 신청했다. 시작은 1분 동
안 달리기였다. 그렇게 꼬박 한 달을 달렸다. 3분만
달려도 숨이 차서 옆구리가 쑤셨다. 느리게 천천히 목

표를 올리며 체력을 쌓았다. 두 번째 달, 세 번째 달도 마찬가지였다. 이번 생은 달리기를 못하는 몸으로 태어났지만, 건강을 위해서 조금은 친해지는 게 좋겠다는 생각이 전부였다. 그런데 다섯 달이 지난 지금 달리기를 나만의 쉼 리스트에 담다니 놀라웠다.

언제부터 달리는 시간을 좋아하게 되었을까? 그저 목표만을 향해 달렸다면 금방 지쳐 포기했을 것이다. 다섯 달을 지속할 수 있었던 비결을 한참 동안 고민했는데, 토미 드 파올라가 쓰고 그린 그림책 『고요히』에서 그 답을 찾았다.

아무 말 없이 고요히

따스한 날, 아버지, 손녀, 손자, 강아지가 숲으로 산책을 나선다. 벌들은 부지런히 꿀을 나르고, 새들도 바삐 날아간다. 문장에 등장하진 않지만 그림책 속 곤충과 동물을 찾아보는 재미가 쏠쏠하다. 연못으로 펄쩍 뛰어오르는 개구리와 물 위를 넘나드는 잠자리, 나무들도 나뭇잎을 흔드느라 분주한 가운데 할아버지께서 서두르지 말고 쉬어 가자고 권한다. 편안히 쉬며 주변을 둘러보니 이젠 쉬는 동물들이 눈에 띈다. 새들도 앉아 노래 부르고, 뛰노느라 지친 강아지도 스르르 잠들었다. 개구리도 잠자리도 움직임을 멈추고 가만히 쉰다. 모두가 아무 말 없이 고요히 생각에 잠기거나 주위를 바라본다.

> 아무 말 없이 고요히 있는 건
> 정말 특별한 일입니다.

그림책을 읽고서야 알았다. 실은 달리는 순간보다 달린 후의 풍경과 밀려오는 감정에 반했다는 걸. 달리고 난 후 숨 고르는 시간이 좋다. 살랑이는 산들바람에 땀을 말리며, 잠시 눈을 감았다 뜨면 주변의 풍경과 자연이 마치 처음 본 풍경처럼 경이롭다. 살랑이는 바람의 감촉, 미세하게 흔들리는 꽃과 잎들, 특히 퇴근 후 해넘이 직전 감귤색 노을빛은 황홀함 그 자체다. 슬플 땐 마흔네 번이나 해가 저무는 풍경을 바라본 어린 왕자의 마음을 알 것 같다. 쿵쾅거리던 심장 박동과 숨소리가 잦아들면 고요한 시간이 찾아온다. 하루 중 유일하게 몸의 감각과 소리에 귀 기울이는 시간. 온종일 바삐 움직이고 관계와 씨름하며 긴장했던 감정 세포들이 자유로이 넘나들며 조금씩 가벼워진다. 시소처럼 쿵쾅거리며 중심을 잃었던 몸과 마음이 비로소 균형을 찾는다. 그러니 이 좋은 걸 어찌 그만둘 수 있을까?

"엄마 또 달리러 나가?" 퇴근 후 운동복으로 갈아입고 운동화 끈을 매는데 둘째가 묻는다. 고개를 끄덕인 후 현관문을 나선다. 어둑어둑해진 아파트 주변을 가로등 불빛에 의지해 냅다 달린다. 모퉁이를 돌 때마다 차가운 바람에 볼이 서늘하다. 나만의 페이스를 유지하며 숨을 고른다. 차가운 저녁 공기에 몸이 움츠러들지만 잠시 후 고요해지는 시간을 만나러 발걸음을 내디딘다.

피곤함

1.명사   일이 몹시 피곤할 정도로 힘들고, 처지가
             좋지 못해 힘든 마음

2.정은어   숨이 턱까지 차오르는데도 멈출 수 없어
             괴로운 마음

지쳤을 땐,

쉬어 가도 괜찮아

『슈퍼 거북』
유설화 글그림

아바타가 필요해

"엄마는 왜 맨날 바빠?"

복직 후 얼마 지나지 않은 주말 아침, 아이가 물었다.

"엄마가 많이 바빠 보여?"

"응, 자꾸 바쁘다고만 하고, 놀아 주지도 않잖아."

입술을 주뼛거리며 볼멘소리로 말하는 아들을 빤히 바라보았다. 오랜 육아 휴직을 마치고 복직을 시작할 때 예감한 장면이었다. "어쩔 수 없잖아."란 말이 혀끝까지 올라왔지만 그만두었다. 왠지 아이에게 투정을 늘어놓고 싶지 않았다.

"엄마가 아직 일이 서툴러서, 배우는 중이거든. 미안해."

"알았어. 엄마 지금 힘드니까 내가 동생이랑 더 놀아줄게."

"정말? 역시 우리 아들이네. 고마워!"

의젓하게 말하는 아이가 더없이 고마우면서도 서운한 속내를 알기에 마음 한구석이 아려왔다.

3월부터 본격적인 워킹맘의 삶이 시작되었다. 직장이 멀리 있어 첫째 초등학교 등원을 돕고, 둘째는 남편이 다니는 직장 어린이집에 맡겼다. 두 아이를 보낸 후 30분을 운전해 일터로 출근했다. 직장은 공적인 곳이니 개인적인 사정을 봐줄 리 만무했다. 주어진 업무를 제때 책임 있게 해내야 했다. 종일 업무와 관계로 씨름한 날엔 파김치가 되어 집으로 돌아왔다. 집은 일터보다 편안하지만 돕는 이가 없으므로 집안일과 육아는 온전히 부부의 몫이었다. 밥 먹고, 정리하고, 씻고, 아이들 숙제를 봐주면 벌써 잠자리에 들 시간. 아이와 도란도란 이야기 나누던 때가 까마득했다. 하루가 어떻게 지나갔는지 모를 밤들이 하염없이 지나갔다.

진짜 슈퍼 거북이 되고 싶어?

"왜 이렇게 바쁘지?" 피곤에 지쳐 뜬 눈으로 천장만 바라보던 어느 밤, 유설화의 그림책 『슈퍼 거북』을 만났다. 제목이 왜 슈퍼 거북인지, 혹시 "토끼와 거북"의 그 거북인지 궁금했는데, 예상대로 슈퍼 거북은 "토끼와 거북"에서 토끼를 이긴 후 일약 스타가 된 거북 꾸물이의 이야기였다. 느리지만 쉼 없이 달려 게으름을 피운 토끼를 이겼을 뿐인데 동물들은 꾸물이가 '엄청나게 빠른 거북'이길 기대한다. 동물들을 실망시키고 싶지 않았던 꾸물이는 슈퍼 거북이 되기로 결심하고 매일 힘든 훈련을 참고 견딘다. 진짜 이야기는 슈퍼 거북이 된 지금부터 시작이다.

꾸물이는 아침마다 거울에 비친 제 모습을 보고 깜짝깜짝 놀라곤 했어.
한 천 년은 늙어 버린 것 같았거든.

그 밤, 쪼글쪼글해진 얼굴에 눈이 벌겋게 충혈된 꾸물이의 모습 위로 내 얼굴이 겹쳐 보였다. 모두가 잠든 한밤중, 아이들이 깰까 봐 조심조심 화장실 문을 닫고 거울 속 나에게 말을 걸었다. "있잖아. 너 많이 지쳐 보여. 그리고… 조금도 행복해 보이지 않아." 한참 동안 건너편에 선 낯선 얼굴 하나를 물끄러미 바라보았다. 서글펐다.

경주에 진 토끼가 도전장을 던지며 이야기는 이어진다. 극심한 부담을 안고 시합에 나선 꾸물이. 슈퍼 거북이 되었으니 두려울 게 없을 텐데도 시합 걱정에 잠을 설친다. 과연 꾸물이는 경주에 이기고 슈퍼 거북의 자리를 지켰을까?

'슈퍼'가 아니어도 괜찮아

꾸물이는 경주에 지지만 아주 오랜만에 단잠에 빠진
다. 책장을 덮으며 나도 모르게 작은 안도의 숨이 새
어 나왔다. 예전의 거북으로 돌아온 꾸물이가 더없
이 사랑스러워 견딜 수가 없었다. 내면 깊숙한 곳에서
'그래, 괜찮아.'란 목소리가 흘러나왔다. 아무리 노력
해도 힘겨운 일들이 있다. 이를테면 시간이라는 녀석
은 누구에게나 공평하게 한정적이라 여러 역할을 완
벽하게 수행하는 것은 거의 불가능하다. 알면서도 제
때 마치지 못해 산적한 일들과 실수를 복기하며 '더
노력하지 않는 나'를 다그쳤던 순간이 떠올라 얼굴이
화끈거렸다.

'슈퍼'를 내려놓은 꾸물이의 마음을 나만의 해석으
로 짐작해 본다. 어쩌면 꾸물이는 '지지 않기' 위해 '지
는 편'을 택했는지도 모른다고. 느리지만 꾸준히 나아
가는 자신의 고유함을 인정하고 안아 주기로 마음먹
었다고. 숨이 턱까지 차올라 괴로웠던 밤, 그림책 한

권에 기대 달콤한 잠에 빠졌다. '그냥 거북 꾸물이'가
준 선물 같은 말을 꼭 품고 되뇌인다.

'잠시 쉬어 가도 괜찮아.
너의 속도로 천천히 가도 괜찮아.'

행복

1.명사 생활에서 충분한 만족과 기쁨을 느끼어
         흐뭇한 마음
2.정은어 진심으로 좋아하는 일을 하며 작은 성취
         에 만족과 기쁨을 느끼는 마음

행복을 찾아서

『키오스크』
아네테 멜레세 글그림

올가는 키오스크에 산다

창문이 있는 그림책, 아네테 멜레세가 쓰고 그린 『키오스크』다. 표지를 열면 뻗친 단발머리에 쿠키를 씹으며 여행 잡지를 읽는 주인공이 묘한 표정을 짓고 있다. 신문이나 잡지, 복권을 파는 작은 가판대를 키오스크라 부르는데, 올가는 그곳에 산다. 살짝 올라간 입꼬리 위로 힘없이 내려앉은 눈썹 때문일까? 평온하고 안락한 키오스크 안 그녀의 얼굴이 육중한 몸보다 더 무거워 보인다. 매일 아침 상품을 진열하고 단골손님을 맞이하고, 턱을 괸 채 가게 앞을 스쳐 지나가는 사람들을 바라본다. 같은 틀로 찍어낸 붕어빵처럼 똑같은 풍경과 사람들. 가끔 키오스크를 벗어나고 싶을 때 여행 잡지를 읽고, 석양이 눈부신 먼바다 사진으로 마음을 달랜다. 키오스크가 거기 있으니, 올가의 인생도 거기 있다.

키오스크가 뒤집힌 날

어느 날, 우연한 사건으로 그녀의 작은 세계가 뒤집힌다. 겨우 몸을 일으켜 물건을 줍던 찰나, 키오스크가 통째로 움직인다. 놀라움도 잠시, 신이 난 올가가 꽉 낀 슈트처럼 키오스크를 입고 산책에 나선다. 미소를 띠고 거리를 활보하는 모습이 애틋하면서도 우습다. 산책 도중 단골손님과 개를 만나고, 주변을 빙빙 돌던 개의 목줄에 감겨 균형을 잃고 강물에 빠진다. '올가는 무사할까?' 마음이 다급해져 다음 장을 펼친다. 독자의 우려와 달리 키오스크를 배 삼아 유유히 흘러가는 그녀의 표정에 두려움 따위 없다. 오히려 자유로워 보인다. 자신을 묶는 족쇄인 줄만 알았던 키오스크가 아이러니하게도 그토록 꿈꾸던 바닷가로 데려다 준다.

이제 올가는 해변에서
아이스크림을 팔며 살고 있어요.
저녁이면 황홀한 석양을 바라보면서요.

신문, 잡지, 과자, 복권을 팔던 올가는 이제 아이스크림을 판다. 굳이 여행 잡지를 펼치지 않아도 꿈꾸던 풍경이 눈앞에 있다. 바다 저편을 황홀하게 바라보는 올가의 모습이 석양보다 더 붉게 빛난다. 아름답다.

올가의 미소 뒤로 예전의 내 모습이 겹쳐 보였다.

나의 키오스크는 대부분 가족의 필요로 채워져 있었다. 가족의 행복과 나의 행복을 동일시했다. 사소하며 사적인 꿈들이 튀어나오기라도 하면 살포시 주머니 속에 구겨 넣었다. 내 행복은 아이가 자란 후로 유보하는 게 마땅했다. 키오스크가 뒤집히기 전의 올가처럼 꿈조각들이 흩어진 자리에 체념이 내려앉았고, 미래를 담보 삼아 현재를 견뎠다. 그게 진짜 행복인 줄만 알았다.

온라인 세상을 만나고, 글 쓰는 삶을 선택한 후 나의 작은 세상도 뒤집혔다. 키오스크를 그 자리에 둔 건 다름 아닌 나였다. 움직일 수 없었던 건 머물고 싶은 마음이 컸기 때문이었다. 굳이 불편한 삶을 선택하고 싶지 않았고, 간절하지 않아서였다. 막연히 좋아하는 것과 하지 않고서는 견딜 수 없이 좋아하는 것 사이의 차이를 비로소 깨달았다. 역할의 옷을 훌훌 벗어던지지 않고서도 가능한 영역이었고, 어떻게든 일상에 틈을 만들면 될 일이었다.

나는 이제 모든 순간을 가족과 함께해야 한다는 의무감과 나의 행복을 선택할 때마다 느꼈던 죄책감을 내려놓았다. 일요일, 아침 식사 준비를 마친 후 노트북이 든 백팩을 매고 혼자 집을 나선다. 카페 한구석에서 글을 쓰거나, 도서관에서 책을 읽으며 육아와 일에 지쳐 흘러나간 에너지를 충전한다. 오롯이 나를 위해 존재하는 이 고요한 시간이 눈물 나도록 고맙고 행복하다. 아내를 위해 기꺼이 일요일의 육아를 감당해주는 남편과 엄마의 시간을 이해해 준 아이들이 있어 가능한 시간. 당연하지 않기에 더 소중하고 감사하다.

　누구나 자신만의 키오스크에 산다. 키오스크를 움직여 다른 공간으로 움직여도 좋고, 그러지 않아도 괜찮다. 키오스크를 움직일지, 무엇으로 채울지는 각자의 선택에 달렸다. 키오스크 밖의 풍경을 바꾸고 싶으면 몸을 움직여 공간을 옮기면 되고, 지금 파는 물건이 만족스럽지 않다면 내가 진짜 원하는 물건을 찾아 팔면 된다. 중요한 건 무엇을 보는가가 아니라 어떻게 보는가다. '행복'은 가만히 있어도 찾아오는 손님이 아니다. 우리가 그것을 간절히 추구할 때 만나는 찰나의 기쁨이다.

허탈함

1. 명사   몸에 기운이 빠지고 정신이 멍하여 몽롱한 마음

2. 정은어   공들여 만든 작품이 한순간에 망가져 괴로운 마음

네게 '괜찮아'를

선물할게

『단어 수집가』
피터 레이놀즈 글그림

일상이 흩어진 날

'후두둑, 또르륵…' 비즈 공예 시간, 목걸이를 완성하려고 한참을 공들여 끼운 줄을 놓쳐 버렸다. 책상과 바닥에 떨어진 비즈가 이리저리 통통 튀며 굴러다녔다. "아악!" 비즈 구르는 소리보다 내 목소리가 더 컸나 보다. 시선이 쏠리고, 아이들이 그 기분을 알 것 같다는 표정으로 나를 바라보았다. 몇 시간을 끙끙대며 만든 결과물이 한순간에 자취를 감춘 순간의 허탈함이란! 깊고 긴 한숨이 새어 나왔다. 언제 이런 기분을 느꼈지? 곰곰이 생각해 보니, 참 많기도 했다. 하필 수능 시험일에 안경알이 툭 떨어져 영어 듣기 평가를 망친 날, 밤을 꼬박 새우며 쓴 리포트가 프로그램 오류로 몽땅 날아간 날…. 수없이 많은 날의 기억이 모래성처럼 쌓이고 흩어지기를 반복했다.

　그날도 그랬다. 복직 후 일과 육아를 병행하며 한창 바쁘던 시기, 교생으로 지도한 후배들이 승진을 하고 전문가로 종횡무진 활약한다는 소식을 접했다. 더없이 기쁘면서도 마음 한편에선 부럽고 샘이 났다. '그동안 난 뭘 했지?' 저만치 앞서가는 후배들의 모습에 내 모습이 겹쳐졌다. 난임과 한 번의 조산, 두 번의 출산과 육아로 보낸 6년의 시간이 주마등처럼 스쳐 지나갔다. 분명 내게는 무척 소중한 순간들이고 후회는 없다고 생각했는데, 지금 마주하는 이 마음은 뭘까 혼란스러웠다. 미로에 빠진 듯 헤매던 날에 피터 레이놀즈의 『단어 수집가』 속 제롬을 만났다.

뭔가를 모으는 사람을 '수집가'라고 하는데, 제롬은 낱말을 모은다. 일명 단어 수집가! 제롬에겐 단어를 모으는 모든 순간이 무척 특별하다. 친구의 이야기를 듣거나 거리를 걸을 때, 책을 읽을 때마다 제롬은 저마다 다른 단어의 느낌을 기록한다. 그렇게 쓴 단어들이 감당할 수 없을 만큼 두툼해지자 이제 제롬은 낱말을 분류하기로 한다. 어느 날 제롬이 산처럼 쌓인 낱말책을 옮기는데…. "으앗" 정성껏 분류한 단어들이 모두 뒤죽박죽 엉망이 된다.

너를 펼쳐 보여도 괜찮아

제롬의 탄성이 내게서도 흘러나왔다. 지독한 아날로그형 인간이었던 나에게 코로나로 바뀐 일상은 혼돈 그 자체였다. 코로나 이전의 나는 카톡보다는 전화가 편했고, 정성스레 쓴 손편지가 메일보다 더 가치 있다고 믿었다. SNS는 그저 비밀 일기를 기록하는 공간 그 이상도 이하도 아니었다. 그런데 코로나로 학교가 휴교하고 모든 것이 비대면으로 바뀐 사상 초유의 상황을 바라보며, 더는 세상의 변화를 외면해선 안 된다는 경고의 목소리가 들려왔다. 이미 저만치 앞서간 건 가까운 후배들만이 아니었다. 많은 엄마와 교사들이 온라인이란 새로운 세상에서 배움과 도전을 향해 고군분투하고 있었다. 정성껏 분류한 낱말책을 쏟고 망연자실했을 제롬의 기분을 알 것 같았다. 교사로 10년, 엄마로 8년을 기울인 노력이 한순간에 엉망으로 흩어진 기분을 느끼며, 나를 증명할 무엇도 없다는 사실에 가슴에 구멍이 뚫린 듯 서늘했다.

당황한 제롬이 바닥에 흩어진 단어들을 골똘히 바라본다.

코뿔소 옆에 밀라노, 파랑 옆에 초콜릿, 슬픔 옆에 꿈.

묘하게 어울리는 단어들의 조합이 신기하다. 제롬은 곧장 낱말들을 모두 줄에 매단 후 그 단어들로 시를 쓰고, 노래를 만든다. 단어를 모으기만 하던 제롬은 이제 단어를 사람들과 나누기 시작한다. 나도 그랬나 보다. 나 홀로 쓰던 비밀 일기를, 몰래 읽던 글들을 조금씩 꺼내고 싶어졌다. 제롬이 단어를 모았듯 글과 그림으로 내 마음과 생각을 표현하며 삶을 기록하고 싶었다. 제롬의 시나 노래처럼 그것이 어떤 모습이든 모든 기록은 바로 나이며, 숨길 수 없는 삶이고 역사임을 알게 되었다.

제롬은 깨닫는다. 어떤 단어들은 아주 힘이 세서 누군가에게 따뜻한 위로와 용기가 된다는 걸. '괜찮아, 미안해, 고마워, 보고 싶었어' 제롬은 더 많은 단어를 모으고 또 모은다. 단어를 더 많이 알수록 생각과 느낌과 꿈을 더 잘 이해할 수 있다. 바람이 살랑살랑 불던 어느 날, 제롬은 수레를 끌고 가장 높은 산으로 올라가 애써 모은 단어들을 모두 날려 보낸다. 이제 단어는 모두의 것이 된다.

나도 제롬처럼 나만의 이야기를 날려 보내고 싶다.

아무에게도 상처 주지 않고, 누구에게도 비판받지 않는 안전한 글을 쓰려던 자기 검열의 틀을 깨고 진실한 글을 쓰고 싶다. 제롬의 단어들처럼 내 삶을 지켜준 글들이 누군가에게 위로가 되고, 희망이 되며, 꿈이 되는 순간을 그려본다. 눈을 감고 제롬이 선물해준 단어 하나에 손을 뻗는다. 잡았다. 내가 찾은 단어, 그건 바로, '괜찮아'.

화

1.명사   몹시 못마땅하거나 언짢아서 나는 성

2.정은어   나의 콤플렉스와 결핍을 이해하는 열쇠

왜 화내면 안 돼?

『나는 가끔 화가 나요!』
칼레 스텐벡 글그림

아이가 화내면 안 되는 이유

"왜 아이들은 화내면 안 되는 거야?" 아침에 밥 먹는
태도가 나빠 아빠에게 혼나고 잔뜩 골이 난 아들이 물
었다. 아빠는 화내면서 왜 아이는 화내면 안 되는지
이상하단다. 아빠는 화내는 게 아니라고, 너를 위해
훈육하는 거라고 얘기해 주다가 아이의 얼굴을 가만
히 들여다보았다. 아이의 낯빛이 어둡다. 가만히 나를
올려다보는 아이는 표정만으로도 마음이 아팠다고,
자신의 속상한 감정은 어떻게 풀 수 있는지 묻고 있었
다.

화는 부정적 감정이니, 겉으로 표현해선 안 된다 배
웠다. 특히, 어른 앞에서 화를 참는 건 미덕이었다. 배
운 대로 아이에게 가르친 것뿐이었다. 문득 그 판단이
옳은 것인가 헷갈렸다. 내 생각이 배제된 타인의 기준
을 진리인 듯 말할 수 없었다. 어른은 되고, 아이는 안
되는 기준이 도대체 무엇이란 말인가. 어른에게 대드
는 게 예의에 어긋나서? 항상 옳은 쪽이 어른이란 법
이 어디 있단 말인가? 아이의 감정은 방치되어도 괜
찮은가? 솟아나는 의문이 생각의 고리에 걸려 꼬리를

물고 이어졌다. 엉킨 생각들을 풀고 정돈된 말로 아이에게 "이게 정답이야."라고 말해주고 싶었지만 막막했다. 그저 한 가지, 아이가 화를 내면 안 된다는 것은 명백한 오답이었다. 그저 어른의 권위를 강요하는 답일 뿐, 정답은 아니었다.

'화' 넌 대체 누구야?

지극히 개인적인 호기심으로 '화'의 정체가 궁금해졌다. 생리적으로는 화가 날 때마다 머릿속에 뜨거운 김이 피어오르는 감각이 느껴졌고, 실제로 뜨거운 김에 뚜껑이 덜거덕거리듯 열이 솟구치기도 했다. 어떤 화는 고요한 태풍처럼 조용히 밀려와 온 마음을 덮쳤다. 그림책 『나는 가끔 화가 나요!』를 쓰고 그린 칼레 스텐벡도 '화'라는 감정이 궁금했나 보다. 아이는 늘 즐겁지만은 않다. 가끔은 조금 화가 나고, 가끔은 아주 많이 화가 난다고 고백한다. 동생이 물건을 빼앗거나 블록이 무너졌을 때, 게임에서 졌을 때, 중요한 말을 부모님이 듣지 않거나, 중요한 것을 보여주려는데 쳐다보지 않을 때도 화가 난단다. 화가 나면 막 소리를 지르고 싶을 때도 있지만 엉엉 울고 싶거나 입을 꽉 다물거나 혼자 있고 싶단다.

어른인 나의 화를 가만히 관찰해 보았다. 나는 언제 화가 날까? 주로 나의 실수를 꼬집거나 콤플렉스를 건드릴 때 화가 났다. 온당치 않은 무시의 말이나 상대의 무례함에 당당히 불쾌함을 표현하지 못할 때는 타인보다 자신에게 더 화가 났다. 질투가 화가 되기도 했고, 슬픔이 화를 불러일으키기도 했다. 화를 어떤 방식으로든 표현하고 나면 휘발되어 작아지는데, 담아 두면 걷잡을 수 없이 커져 후회의 탑을 쌓았다. 그저 묻어 두고 감추는 게 답은 아니었다. 그럼 아이처럼 화를 쏟아 내고, 심술궂게 말하면 괜찮은 걸까? 검은 말은 검은 말을 불러일으킨다. 소위 나쁜 말은 상대에게 상처를 주고, 부메랑처럼 되돌아와 자신에게도 깊은 상흔을 남긴다. 무조건 표현할 수도 없고 덮어 두고 참아서도 안 된다.

화를 꺼내 들여다보다

책 속에선 화를 누그러뜨리는 다양한 방법을 알려준다. 예전의 내가 그랬듯 나만의 동굴에 들어가 좋아하는 음식이나 잠으로 달랠 수 있고, 벽을 향해 목이 터져라 화를 뿜어낼 수도 있다. 눈을 감고 숫자를 세거나, 샌드백을 두드릴 수도 있다. 누군가에게 화가 난 감정을 이야기하고 안아 달라 말할 수도 있다. 여전히 모든 방법이 유효하지만, 조금 다른 방법으로 화를 마주하기로 했다. 화가 날 땐, 머릿속으로 화가 난 상황을 복기하고, 가만히 화를 꺼내 들여다본다. 물론 이 때도 글쓰기는 유용한 도구다. 상대가 나의 무엇을 건드렸는지, 내 화는 온당한 것인지, 화난 감정과 자신을 떼어 내 객관화하려고 노력한다. 감정에 휩쓸리기보다 감정을 들여다본다. 누구보다 나 자신의 마음속 이야기를 잘 들어주기 위해 애쓴다. 내가 먼저 나를 안아 준다. 작아진 화에게 이제 괜찮아졌는지 묻는다.

후회

1. 명사   이전의 잘못을 깨치고 뉘우침
2. 정은어   과거의 잘못을 두고두고 생각하며
          자책하는 마음

실수는 시작이기도 해

『아름다운 실수』
코리나 루켄 글그림

후회의 페이지에 머물다

게임처럼 이번 생도 리셋하고 다시 살아 보고 싶다. 더 잘 살 수 있을 것만 같다. 아이를 잃은 후, 빨리 병원에 가지 않은 나를 자책하던 무수한 밤들이 그랬다. 영화 〈어바웃 타임〉의 주인공처럼 과거의 순간으로 되돌아가 실수를 만회할 기회가 주어지기를 바랐다. 딱 한 번이면 충분했다. 한 생명을 지키지 못한 순간을 되돌리고 싶었다. 아직 아무도 밟지 않은 눈밭, 새하얀 스케치북, 내 인생도 그와 같기를 소망했다. 영원히 잊히지 않을 후회의 한 페이지를 넘기지 못해 오래도록 그곳에 머물렀다.

실수, 그 너머의 세상

어느 날, 동장군이 머물던 나의 세계에 봄바람이 불어왔다. 다시 아이가 와 주었고, 같은 실수를 반복하지 않기 위해 백일 넘게 자궁 수축 억제제를 맞으며 고군분투했다. 아무리 애써도 넘길 수 없었던 페이지 앞에서 코리나 루켄이 쓰고 그린 그림책 『아름다운 실수』가 말을 걸었다. 여전히 과거의 기억에 머무를 거냐고. 다음 장이 궁금하지 않냐고. 새하얀 종이 위에 아무렇게나 떨어진 검정 잉크 자국, 크기가 다른 눈, 유난히 긴 목, 지상에서 한 뼘 높이 떠 있는 소녀의 발, 실수로 이어진 그림이 소녀를 전혀 다른 장면으로 데려간다. 실수는 영감을 불러일으키고 상상이 더한 세계는 한 뼘씩 넓어진다.

알겠나요?
그래요.
실수는 시작이기도 해요.

그림책처럼 얼룩이 떨어진 자리에 이내 모자를 그려 넣을 수 없었다. 그건 애도의 시간이었을 것이다. 실수라고 하기엔 너무 무거운 잘못을 끌어안고, 만 2년의 시간 동안 아이를 기다렸다. 선물처럼 와 준 아이는 아픔이 없었으면 만나지 못했을 생명이었다. 후회의 페이지에 자책, 무기력, 슬픔만을 쏟아 놓은 줄 알았다. 커다란 울음으로 세상에 나온 아이를 안은 순간 깨달았다. 그것들 틈에 어떤 간절함의 씨앗이 자라고 있었음을. 아픈 마음에도 간절함은 희망을 피울 수 있다는 걸. 후회의 페이지 또한 나의 일부였다.

그저 나를 위한 변명을 위로라 착각하지 않기로 했다. 진짜 위로는 내 안의 감정을 외면하지 않고, 충분히 슬퍼하고, 자책하고, 한숨 쉬고, 쏟아 내는 시간 속에서 발견하는 것이었다. 괴로운 감정의 파고 안에 움츠러든 작은 나를 끌어안고 충분히 안아 주었어야 했다. 소중한 사람을 위로하듯 자신에게도 그랬어야 했다.

얼룩진 잉크 한 방울이 나를 글쓰기로 이끌었다. 괴로운 마음을 쏟아 놓으려 쓰기 시작한 문장들이 새로운 세상의 문을 열어 주었다. 아픔 한가운데 멈춰 서지 않고 앞으로 한 발짝씩 나아가고 싶었던 간절한 목소리가 닿았다.

언젠가 나의 이야기가 씨앗처럼 훨훨 날아 후회의 한가운데 주저앉은 누군가에게 가닿으면 좋겠다. 영영 일어설 수 없노라 절망하는 단 한 사람에게만 닿아도 더 바랄 게 없겠다. 이 책을 읽는 당신이 그러하길. 실수의 페이지에 머무는 당신을 새로운 장면으로 이끌어줄 작은 희망이 되길 간절히 소망한다.

희망

1. 명사   어떤 일을 이루거나 하기를 바람
2. 정은어   두려움과 설렘을 품고 간절히 바라는
                  꿈을 이루기 위해 노력하는 마음

나만이 아닌
우리를 위해

『꽃들에게 희망을』
트리나 폴러스 글그림

다른 삶을 꿈꾸는 호랑 애벌레의 이야기

이상한 그림책이 있다. 제목은 분명 "꽃들에게 희망을"인데 나비의 형상보다 서로의 머리를 밟고 오르던 애벌레 떼의 잔상이 깊이 각인된 책! 이십여 년 전에 읽은 트리나 폴러스의 그림책 『꽃들에게 희망을』을 우연히 독서 모임에서 다시 만났다. 책 속에 애벌레와 고치, 나비가 등장한다는 이유만으로 집어 든 책은 예전에 읽은 그 그림책이 맞나 싶을 정도로 충격이었다.

알을 깨고 나온 작은 호랑 애벌레 한 마리가 있다. 매일 먹는 일을 반복하던 호랑 애벌레는 '그저 먹고 자라는 것'만이 삶의 전부는 아닐 거라며 오랫동안 정든 나무를 기어 내려와 모험을 떠난다. 애타게 무언가를 찾아 헤매다 하늘을 향해 끝없이 올라가는 거대한 애벌레 더미를 발견한다. '꼭대기엔 뭐가 있을까? 어쩌면 내가 찾으려는 것이 저기 있을지도 몰라.' 호랑 애벌레는 새로운 호기심을 품고 기둥 속으로 밀고 들어간다.

그러나 기둥 속은 흡사 지옥과 다름없다. 서로 차

고, 떠밀고, 밟고. 호랑 애벌레는 충격에 휩싸인다. 동료인 줄 알았던 애벌레들이 장애물이며 적이다. 서로를 딛고서야 꼭대기에 이를 수 있으니 어쩔 수 없다. "꼭대기엔 뭐가 있지? 우리는 어디로 가고 있는 거지?" 혼잣말처럼 곱씹던 물음에 노랑 애벌레 한 마리가 응답한다. 자신도 같은 질문을 품었다고. 도저히 친구를 밟고 올라설 수 없었던 호랑 애벌레는 노랑 애벌레와 함께 기둥을 내려온다.

나의 시간을 살고 싶어

코로나로 집에 있는 날들이 길어지니 한결같은 일상이 지루하고 답답했다. '평온하지만 만족스럽지 않아.'라고 푸념하며 새로운 세상으로의 항해를 시작했다. 태어나서 처음 온라인 세상에 문을 두드렸고, 다양한 프로젝트에 참여했다. 온라인 세상 속 사람들은 TV로 만나는 연예인과는 달랐다. 평범한 듯 평범하지 않은 존재들이 손을 뻗으면 닿을락 말락 가까운 거리에서 말을 걸었고, 함께하자며 등을 두드렸다.

홀린 듯 온라인 프로젝트에 열중하며 두 개의 세상

을 오갔다. 필사와 글쓰기, 경제 신문 읽기, 오일 파스텔로 그리기, 아이와 그림책 읽기 모임에 참여했다. 참여하는 동안 만난 생각과 경험을 글로 풀어내며 내 안에 있는 줄도 몰랐던 생경한 나를 발견했다. 일상 비일상의 경계에서 여자, 딸, 엄마, 교사란 역할을 넘어 '그냥 나'를 중심에 두고 '행복과 성공'을 묻기 시작했다. '나의 언어'로 생각하고 '나의 시간'을 살고 싶어 마음이 달았다.

나비, 날다!

사랑에 빠진 두 애벌레는 영원히 행복하게 살았을까? 또다시 지루해진 호랑 애벌레, 꼭대기의 비밀을 알아내겠다며 길을 떠난다. 노랑 애벌레도 꼭대기에 무엇이 있을까 궁금했지만 올라가는 것만이 높은 곳에 이르는 길은 아니라는 걸 깨닫는다. 자신만의 길을 찾아 헤매던 노랑 애벌레, 어느 날 나뭇가지에 거꾸로 매달린 늙은 애벌레와 마주한다. 늙은 애벌레는 혹시 도움이 필요한지 묻는 노랑 애벌레에게 나비가 되는 중이라 말한다.

저, 나비가 뭐죠?

존재 자체를 묻는 질문! 애벌레에게 나비란 어떤 존재일까? 늙은 애벌레가 나누어 준 지혜에 감탄이 흘러나왔다.

나비가 없으면
꽃들도 이 세상에서 곧 사라지게 돼.

나비는 하늘과 땅을 연결해 주고, 꽃들 사이를 날아다니며 사랑의 씨앗을 옮긴다. 솜털투성이 애벌레인 자신도 나비 같은 굉장한 존재로 변화할 수 있다니 노랑 애벌레는 놀랍기만 하다. 어떻게 하면 나비가 될 수 있냐는 물음에 늙은 애벌레는 "날기를 간절히 원해야 해."란 아리송한 말을 건넨다.

변화가 일어나는 동안, 고치 밖에서는
아무 일도 없는 것처럼 보일지 모르지만,
나비는 이미 만들어지고 있는 거란다.

다만 시간이 걸릴 뿐이야!

처음 온라인 세상의 문을 두드렸을 때 내 마음도 애벌레들과 비슷했다. 반짝이는 존재들을 닮아 저 너머 아득한 곳에 빨리 가닿고 싶었다. 하지만 나는 '슈퍼우먼'이 아니었다. 일과 육아만으로도 에너지는 바닥이 났고 고단했다. 1단에도 삐걱거리는 선풍기 모터처럼 달그락거리고 멈추기를 반복했다. 2년이 다 되어가는 지금도 여전히 길 위에 있다. 비틀거리며 '나의 정원'을 가꾸려 노력 중이다. '속도보다 포기하지 않는 마음'이 먼저라며 용기를 나눠 준 분들이 없었으면 진즉에 포기했을 것이다. 텃밭을 가꾸듯 잡초를 솎아내고 흙을 골랐다. 깊숙이 박힌 돌덩이를 끄집어내 함께 살아가는 법을 궁리했다. 드디어 '글쓰기'와 '그림책'이라는 씨앗을 발견했고 하나씩 정성 들여 심는 중이다.

정원을 가꾸는 동안 '나는 어떤 사람일까? 앞으로 어떤 사람들을 만나고, 내 힘으로 무엇을 할 수 있을까? 사람들에게 무엇을 주고 싶고, 어떻게 기억되길 바라는가?'란 궁금증이 맴돌았다. 고민이 깊어진 날에 그림책이 답을 선물해 주었다.

나비가 되고 싶다. 수많은 나비가 세상을 커다란 꽃밭으로 만드는 상상, 꽃씨를 퍼트리듯 의미 있는 무언가를 남기며 살고 싶은 소망, 서로의 개성을 존중하고 자신의 시간을 살며 아름다운 꽃들이 피어나도록 돕고 싶다.

나는 이제 '나만을 위해' 썼던 글을 '우리를 위해서'도 쓴다. '나 중심'의 사고에 갇히지 않으려 노력한다. 한 사람의 이야기 속에 담긴 고유함을 발견하고 '타인이 되어보는 경험'을 읽고 쓰며 배운다. 인생의 수많은 질문에 나다운 답을 찾도록 도울 그림책 한 권 옆에 끼고 용기와 믿음을 장전해 걸어간다. 이 벅차면서도 두렵고 설레는 감정을 나는 희망이라 부르고 싶다. 늙은 애벌레의 마지막 말을 주문처럼 외운다.

너는 아름다운 나비가 될 수 있어.
우리는 모두 너를 기다리고 있을 거야!

그림책 목록

ㄱ

간절함: 『고래가 보고 싶거든』 / 줄리 폴리아노 글, 에린 E. 스테드 그림 / 문학동네 / 2014

고마움: 『하나의 작은 친절』 / 마르타 바르톨 글그림 / 소원나무 / 2021

공허함: 『마음이 아플까봐』 / 올리버 제퍼스 글그림 / 아름다운사람들 / 2010

궁금함: 『커다란 질문』 / 볼프 에를브루흐 글그림 / 베틀북 / 2004

그리움: 『여행 가는 날』 / 서영 글그림 / 위즈덤하우스 / 2018

ㄴ

나른함: 『엠마』 / 웬디 커셀만 글, 바바라 쿠니 그림 / 느림보 / 2004

냉랭함: 『방긋 아기씨』 / 윤지회 글그림 / 사계절 / 2014

너그러움: 『시저의 규칙』 / 유준재 글그림 / 그림책공작소 / 2020

ㄷ

다정함: 『리디아의 정원』 / 사라 스튜어트 글, 데이비드 스몰 그림 / 시공주니어 / 2022

답답함: 『끼인 날』 / 김고은 글그림 / 천개의바람 / 2021

당당함:『착해야 하나요?』/ 로렌 차일드 글그림 / 책읽는곰
/ 2021
두려움:『나는 강물처럼 말해요』/ 조던 스콧 글, 시드니 스
미스 그림 / 책읽는곰 / 2021

ㅁ

만족:『조금 부족해도 괜찮아』/ 베아트리체 알레마냐 글그
림 / 현북스 / 2014
미움:『호텐스와 그림자』/ 나탈리아 오헤라, 로렌 오헤라 글
그림 / 다산기획 / 2018
믿음:『산책』/ 다니엘 살미에리 글그림 / 북극곰 / 2018

ㅂ

분노:『늑대들』/ 에밀리 그래빗 글그림 / 비룡소 / 2019
불안:『쿵쿵이와 나』/ 프란체스카 산나 글그림 / 미디어창
비 / 2019
불편:『곰씨의 의자』/ 노인경 글그림 / 문학동네 / 2016
뿌듯함:『대추 한 알』/ 장석주 글, 유리 그림 / 이야기꽃 /
2015

ㅅ

사랑:『새를 사랑한 새장 이야기』/ 로둘라 파파 글, 셀리아
쇼프레 그림 / 한솔수북 / 2016
설렘:『색깔 손님』/ 안트예 담 글그림 / 한울림어린이 / 2015
소심함:『나는 소심해요』/ 엘로디 페로탱 글그림 / 이마주 /

2019

수치심:『모르는 척』/ 우메다 슌사쿠 글, 우메다 요시코 그림 / 길벗어린이 / 1998

슬픔:『무릎 딱지』/ 샤를로트 문드리크 글, 올리비에 탈레크 그림 / 한울림어린이 / 2010

시기심:『알렉산더와 장난감 쥐』/ 레오 리오니 글그림 / 시공주니어 / 2019

신남:『수박 수영장』/ 안녕달 글그림 / 창비 / 2015

ㅇ

안타까움:『인생은 지금』/ 다비드 칼리 글, 세실리아 페리 그림 / 오후의소묘 / 2021

열등감:『아나톨의 작은 냄비』/ 이자벨 카리에 글그림 / 씨드북 / 2014

외로움:『이 작은 책을 펼쳐 봐』/ 제시 클라우스마이어 글, 이수지 그림 / 비룡소 / 2013

용감함:『오, 미자!』/ 박숲 글그림 / 노란상상 / 2019

ㅈ

자유로움:『프레드릭』/ 레오 리오니 글그림 / 시공주니어 / 1999

자책감:『나 때문에』/ 박현주 글그림 / 이야기꽃 / 2013

정겨움:『장수탕 선녀님』/ 백희나 글그림 / 책읽는곰 / 2012

ㅊ

초라함:『떨어진 한쪽, 큰 동그라미를 만나』/ 쉘 실버스타인 글그림 / 시공주니어 / 2000

ㅌ

통쾌함:『말들이 사는 나라』/ 윤여림 글, 최미란 그림 / 위즈 덤하우스 / 2019

ㅍ

포근함:『나는 개다』/ 백희나 글그림 / 책읽는곰 / 2019
평온함:『고요히』/ 토미 드 파올라 글그림 / 북극곰 / 2021
피곤함:『슈퍼 거북』/ 유설화 글그림 / 책읽는곰 / 2018

ㅎ

행복:『키오스크』/ 아네테 멜레세 글그림 / 미래아이 / 2021
허탈함:『단어 수집가』/ 피터 레이놀즈 글그림 / 문학동네 / 2018
화:『나는 가끔 화가 나요!』/ 칼레 스텐벡 글그림 / 머스트비 / 2020
후회:『아름다운 실수』/ 코리나 루켄 글그림 / 나는별 / 2018
희망:『꽃들에게 희망을』/ 트리나 폴러스 글그림 / 시공주 니어 / 1999

비표준 감정사전

초판 1쇄 발행 2023년 8월 22일

지은이　　김정은
펴낸이　　서재필
책임편집　최석영

펴낸곳　　마인드빌딩
출판등록　2018년 1월 11일 제395-2018-000009호
전화　　　02)3153-1330
이메일　　mindbuilders@naver.com

ISBN 979-11-92886-23-7 (03810)

마인드빌딩에서는 여러분의 투고 원고를 기다리고 있습니다. 출판하고 싶은 원고가
있는 분은 mindbuilders@naver.com으로 기획 의도와 간단한 개요를 연락처와 함께
보내주시기 바랍니다.